KB179360

표적

표적

돈 펜들턴 지음
한국첩보문학협회 옮김

1

마피아의 전쟁

부자나라

표적

❶ 마피아의 전쟁

초판1쇄 인쇄 2016년 10월 20일
초판1쇄 발행 2016년 10월 21일

지은이 돈펜들턴
옮긴이 한국첩보문학협회
펴낸이 박대용
펴낸곳 도서출판 부자나라

디자인 디자인 상상(kkt9512@hanmail.net)

주소 10882 경기도 파주시 교하읍 산남리 292-8
전화 031)957-3890, 3891, **팩스** 031)957-3889
이메일주소 zinggumdari@hanmail.net

출판등록 제406-2104-000069호
등록일자 2014년 7월 23일
ISBN 979-11-953288-9-5   04840
　　　979-11-953288-8-8   04840 (세트)

차 례

마피아 전쟁

1
프롤로그

맥 보란은 그의 전우들이나 상관들이 추측하는 것처럼 천부적인 살인자는 아니었다. 또한 그의 저격팀 동료들의 노골적인 비평처럼 기계적으로 임무를 수행하는 살인 로보트도, 어느 좌익계 기자의 주장처럼 냉혈한이거나 파괴주의자도 물론 아니었다.

맥 보란은 자신의 의지력으로 움직이는 단순한 사나이에 불과했다. 지원자 중에서 저격수를 뽑는 군대의 심리 담당관이 말했던 것처럼 그는 저격수의 모든 요건을 갖춘 사람일 뿐이었다.

「훌륭한 저격수란 감정에 동요되지 않고 자신의 의지력으로 적을 죽일 수 있는 자이어야 한다. 저격이란 단순한 사격 경기와는 전연 다른 것이기 때문에 의지력이 필요한 것이다. 망원 렌즈에 죽여야 할 상대의 얼굴이 비칠 때, 그 절망적인 얼굴을 보았을 때 대부분의 훌륭한 군인들도 한 번쯤은 그러한 임무를 수행할 수가 있을 것이다. 그러나 두 번 세 번 반복되면 사람을 죽였다는 생각이 그들의 양심을 뒤흔든다. 여기에서 군인과 저격수의 차이점은 분명해진다. 저격수의 살인은 양심과는 전혀 별개의 문제인 것이다. 물론 우리들의 계획을 위해 미친 개들을 원하고 있는 것은 아니다. 우리에게 필요한 사람은 살인과 임무를 엄격히 구별할 줄 아는 사람이다. 임무에 따른 살인은 단순한 살인 행위가 아니라는 것을 이해할 수 있는 사람을 말하는 것이다. 또한 위험에 처했을 때 냉정하게 임할 수 있어야 이상적인 저격수라 할 수 있는 것이다.」

맥 보란 중사는 바로 그런 유형의 군인이었다. 모든 종류의 무기와 탄약의 사용이 능숙한 병기계 출신이며 특등 사수이기도 했다.

그는 자신이 지금껏 얼마나 많은 적들을 죽였는지 기억하고 있지는 않지만 공식 기록에 올라 있는 숫자만 해도 월맹 정규군 고급 장교 32명, 베트콩 게릴라 지도자 46명, 게릴라와 내통하고 있었던 월남의 고위 관리 17명으로 돼 있었다. 그 중에는 물론 악명 높은 월맹군의 코안 장군도 포함된다.

보란 중사의 조수로 근무하고 있던 T.L. 미네거스 하사는 그와의 마지막 작전에 출동했던 보고서에서 이렇게 말하고 있다.

우리 팀은 새벽 4시 35분 B지점에 도착했다. 정찰병 토머스와 얀세이가 정찰 후 4시 50분에 돌아와 이상없음을 보고했다. 5시 화기 배치가 완료됐고, 6시 30분 적들의 움직임을 포착했다. 6시 42분 베트콩 정찰대가 도착하여 마을을 점검했다. 6시 50분 트라 후옹과 호위병들이 촌장집 입구에 나타나자 촌장과 다른 한 사내가 환영을 나왔다.

그때 맥 보란 중사가 목표를 확인하고 즉시 사격에 들어갔다. 제1탄은 트라 후옹 대령의 목을 관통했고, 제2탄은 촌장의 우측 관자놀이를 관통했다. 이어 제3탄은 호위병의 등을 관통시켰다. 그것으로 상황은 간단히 끝났다. 6시 52분 철수하기 시작했고, 9시 40분 에이블 저격팀은 전원 사고 없이 베이스 캠프로 돌아왔다.

베트남은 미군들에게는 새로운 형태의 전쟁터였다. 많은 미국의 젊은이들은 잔인한 특기들을 익혀야 했다. 그러나 그들 중에 맥 보란만큼 철저히 숙달된 병사는 없었다. 보란은 30세의 유능한 직업 군인으로 12년간의 군복무 기간 중 두 번이나 월남 근무를 했고, 그 때문에 아직 결혼도 하지 못한 처지였다.

그의 어머니 엘자는, 47세의 나이에 비해 젊어 보이는 폴란드계 미국인 2세로, 매주 화요일과 금요일에는 반드시 보란에게 편지를 썼다. 그리고 한 달에 두 번은 위문품을 보내는 자상한 어머니였다. 그녀의 편지에는 언제나 따뜻한 애정이 깃들여 있었으며 그의 마음을 다치게 하는 내용은 하나도 없었다. 편지에는 가끔 열일곱 살의 귀여운 누이동생 신디와 열네 살의 조니, 아버지 샘 보란의 사진을 동봉하기도 했다.

그의 아버지는 열여섯 살 때부터 강철 공장에서 일해온 직공이었다. 보란은 언제나 그의 아버지를 강철과 같이 의지가 강한 사람으로 여겨 왔었다.

한번은 어머니의 편지 속에 이런 것이 적혀 있었다.

「사람들이 말하기를 동양 여성은 퍽 진실하다고 하던데 그게 사실인지 네 아빠가 퍽 궁금해 하신단다. 하!」

라고.

그때 맥 보란은 답장하기를

「아빠에게 동양 여성들은 정말 진실하다고 말해 주세요. 그리고 저는 그 중에서도 가장 진실된 여성을 찾고 있는 중이라고 ……. 아하!」

신디 보란은 비극적인 사건이 발생했을 그 당시 고등학교를 갓 졸업한 애띤 처녀였다. 신디는 맥을 무척 따랐으며 그를 가장 이상적인 남성상으로 여기고 있었다. 그녀는 일기 형식으로 쓴 글을 일주일에 한 번씩 오빠에게 보내곤 했다. 편지 속에서 그녀는 가끔 혼자만의 불안과 괴로움을 토로해 오기도 했다.

「오빠. 메리앤이 마리화나 파티에 함께 가자고 자꾸만 졸라대요. 오빠도 마리화나를 피워본 적이 있나요? 그곳에서는 모두 그것을 피운다고 하던데요. 하지만 나는 무척 망설여져서 언제나 거절하고 있지만 거절하기도 정말 힘들어요.」

또 언젠가는 이런 글이 보내져 왔다.

「항상 고민하고 있는 문젠데 한계란 무엇인가요? 스티브와 함께 있을 땐 아무런 문제도 없지만 추크는 언제나 나를 고민하게 만들어요. 내 말은요, 그의 손이 문제란 거예요. 무슨 말인지 아시겠죠? 나는 그가 좋지만 그의 손버릇을 어떻게 해야 할지는 정말 모르겠다구요.」

그러면 오빠의 충고는 전형적인데 그치고 만다.

「추크에게 문제가 있는 것이 아니라 네게 문제가 있는 거야. 그의 손버릇을 어떻게 다루어야 하는지 이미 넌 알고 있지? 그렇다면 그건 네 자신의 문제란다.」

신디의 답장에는,

「그런데 더 이상 걱정할 필요가 없게 되고 말았어요. 이제 추크와는 끝났으니까요!」

어느 늦은 봄날 그의 어머니에게서 온 편지에 이런 내용이 씌어 있었다.

「이젠 어려운 고비를 넘겼으니 너에게 이야기해야겠다고 생각했다. 지난 1월에 너의 아빠가 갑자기 심장 발작을 일으켜 쓰러졌는데 의사는 일을 쉬고 안정을 취해야 한다는 것이었어. 우리는 생활비를 줄이고 공장에서 나오는 휴직 수당으로 간신히 살아갈 수가 있었다. 그러나 이제 네 아빠가 다시 직장에 나가게 됐으니 걱정은 없단다. 빚이 얼마간 남아 있지만 곧 갚게 되겠지. 신디는 대학 진학보다는 취업을 하려는 생각인 것 같다. 네 아빠는 그것을 아주 못마땅하게 여기고 있고. 교육을 더 시키고 싶으신 게지. 또 네 아빠는 너를 대학에 진학시키지 못한 것을 무척 미안하게 여기고 계셔. 하지만 이젠 모든 것이 잘 돼가고 있으니 걱정하지 않아도 된단다. 돈을 보내지는 말아라. 네가 만약 돈을 보낸다면 네 아빠는 또 심장 발작을 일으킬지도 모르잖니?」

그리고 몇 달 후인 8월 12일, 보란 중사는 종군 목사 사무실로 불려갔다. 그 자리에서 그는 가족들의 비극을 전해 들을 수 있었다. 공식적인 통보에 의하면 남동생 조니는 중태이긴 해도 목숨을 구했지만 아버지와 어머니, 그리고 신디는 모두 죽고 말았다는 것이었다.

맥 보란은 특별 휴가를 얻어 가족의 장례식과 고아가 된 동생 문제를 정리하기 위해 서둘러 미국으로 돌아왔다.

그것은 엄청난 비극이었다. 공항까지 마중 나온 강력계 형사로부터 가족들의 죽음에 대한 상세한 설명을 들었을 때 그의 가슴은 더욱 갈기갈기 찢어지는 것 같았다. 아버지는 그 순간 분명 제정신이 아니었을 것이다. 이렇다 할 분명한 동기도 없이 아내와 자식들에게 총을 쏘고 마지막으로 자신의 심장에 총을 쏘았다고 했다.

남동생 조니가 정신을 차릴 때까지 보란은 이틀을 더 기다려야 했다. 그리고 조니의 입을 통해 이 비극의 진상을 파악할 수 있게 됐다. 조니가 병상에 누운 채 경찰의 속기사에게 진술한 내용은 다음과 같았다.

「아빠는 병으로 한동안 직장에 나갈 수가 없었어요. 아빠는 1년 전에 빌린 돈 때문에 늘 걱정이셨지요. 얼마 후 건강이 좋아져 직장엘 다시 나갔지만 건강에 무리가 가지 않는 부서로 옮겨야 했고 그 때문에 급료는 종전보다 적었어요. 그래서 빚을 더 얻게 됐고 돈을 빌려준 사람이 못살게 굴기 시작했답니다. 어느 날 밤 아버지가 어머니에게 그 사람들은 인간이 아니라 흡혈귀라고 흥분해 떠드시는 얘기를 들었어요. 어느 날 밤은 아빠가 팔을 다쳐 돌아오셨어요. 빚쟁이들에게 당했다는 거였어요. 어머니가 경찰에 전화를 걸려 하자 아빠가 말리셨어요. 어머닌 그 일을 신디에게 말했어요. 그런데 이상하게도 몇 주일 전부터 갑자기 그들의 횡포가 멎었답니다. 그리고 나서 사고가 일어난 것이었어요. 아빠가 갑자기 무척 화를 내시며 고함을 지르기 시작했어요. 누나와 어머니는 아빠를 진정시키려 애썼죠. 그 다음에 기억 나는 것은 아빠가 오래된 권총을 꺼내 왔다는 거예요. 아빠는 우리에게 총을 쏘았어요. 그리고 건넌방으로 가셨고 또 한 방의 총소리가 들렸을 때 저는 정신을 잃었어요.」

이것이 조니의 진술 내용 전부였고 그래서 경찰은, 이 사건을 가족을 동반한 자살 사건으로 처리했다. 그러나 맥 보란 중사에게는 단순한 자살 사건으로 처리될 수 없는 일이었다. 형과 단둘이 있게 된 조니는 아버지를 괴롭혔던 악당들과 신디가 관계했던 내용을 털어놓았던 것이다.

「누나가 그 사람들을 찾아갔었어요. 아빠가 심장이 약하니 괴롭히지 말아 달라고 부탁했던 거죠. 우린 누나가 그들과 어떤 내용으로 결말을 지었는지 전혀 몰랐어요. 처음에는 누나가 받고 있던 35달러의 주급으로 빚을 조금씩 갚아 나가는 것 같았어요. 그 돈은 누나의 대학 진학을 위해 저축하기로 돼 있었던 거였어요. 그러나 나는 얼마 지나지 않아 누나가 무슨 일을 하기 시작했는지 알게 됐어요. 어느 날 밤 나는 누나를 미행해서 내 눈으로 직접 확인을 했어요. 누나가 무슨 문제로 고민하고 있는 것 같아서 미행했던 거였어요. 나는 모텔 밖에서 지켜보고 있었어요. 그리고 얼마 후 그 남자가 나갔을 때 누나에게로 뛰어 들어 갔어요. 누나는 벌거벗은 채 침대에 엎드려 울고 있다 나를 보자 절망적인 눈빛이 되었어요. 빨리 돈을 갚지 않으면 또 아빠를 괴롭힐 거라고 놈들이 말했대요. 한 달 안에 나머지 돈을 모두 갚아야 한다구요. 그리고 돈을 벌 수 있는 방법을 누나에게 가르쳐 줬대요. 그 악당들이 누나에게 레오라는 사람을 보냈고 그 사람이 누나를 설득했던 거였어요. 내가 그 현장을 목격했을 땐 누나가 그 사람을 세 번이나 만났을 때였어요. 나는 누나에게 그런 짓은 그만두라고 애원했어요. 아버지가 용서하지 않을 거라구요. 그러나 누나는 아버지가 어떻게 생각을 하든 빚은 갚아야 할 것 아니겠느냐고 하는 것이었어요. 그런데 내가 실수를 했어요.

아버지에게 그 사실을 말해 버렸거든요. 아빠는 그 이야기를 듣자 막무가내로 나를 두들겨 팼어요. 그리고 고함을 지르시며 내 주위를 돌며 어쩔 줄을 몰라 했어요. 아빠에게 이상한 발작이 일어나고 있다는 생각이 들었어요. 그러다 아빠는 나를 일으키고는 두 뺨을 번갈아 때리며 〈거짓말이지! 거짓말이라고 말해!〉라고 소리를 질렀어요. 그때 누나가 뛰어 들어와 말렸어요. 그리고 누나와 아빠의 말다툼이 시작됐어요. 나는 무슨 얘기를 하는지 전혀 알아들을 수가 없었어요. 아빠가 〈거짓말이지! 거짓말!〉하고 외치는 소리만 겨우 알아들을 수 있었어요. 그때 어머니가 뛰어들었어요. 어머니는 침실에서 주무시다가 시끄러운 소리에 놀라 뛰어나왔던 거였어요. 그러자 아빠는 멍청히 한쪽에 서 있었고 어머니와 누나가 피투성이가 돼 있는 나를 치료해 주었어요. 아빠는 혼잣말로 뭐라고 중얼거리다가 방으로 들어가셨어요. 그리고 얼마 지나지 않아 아빠는 빌리 숙부에게서 얻은 낡은 권총을 손에 들고 방에서 나오셨어요. 놀라 소리를 치려 했지만 이미 늦었어요. 내가 최초로 맞았어요. 아빠는 계속해서 방아쇠를 당겼어요. 어머니와 누나가 쓰러졌어요. 그래도 아빠는 계속해서 방아쇠를 당겼어요. 총알이 떨어지자 아빠는 팔을 늘어뜨리고 힘없이 나를 쳐다보았어요. 누나는 내 위에 쓰러져 있었어요. 나는 가만히 아빠를 노려보았어요. 아빠는 우리들이 총에 맞은 것도 모르는 것 같았어요. 아빠는 나를 내려다보시면서 〈조니, 입술을 다쳤구나. 미안하다〉라고 말하시는 것이었어요. 그리고 아빠는 방으로 돌아갔어요. 잠시 후 총소리가 났어요. 그리고 누군가 현관문을 막 두들기는 소리가 들렸어요.」

동생의 눈물겨운 이야기를 참을성 있게 듣고 있던 맥 보란은 동생의 이야기가 끝나자 목쉰 소리로 단 한마디만을 내뱉었을 뿐이었다.

「죽일 놈들!」

8월 16일 일기장의 첫머리에 그는 이 비극적인 사건에 대한 자신의 느낌을 이렇게 적고 있었다.

신디는 단지 자신이 해야겠다고 생각하는 일을 했을 뿐이고, 비록 복잡한 심경이었겠지만 아빠 역시 그랬다. 이제 나 자신도 어찌 해야 할 일을 하지 않을 수 있겠는가?

그리고 8월 17일, 보란은 또 이렇게 쓰고 있다.

나는 누가 나의 적인가를 잘못 알고 싸워 왔던 것 같다. 나의 집에서 내가 가장 사랑하는 이들을 파멸로 몰아넣은 적을 두고 8000마일이나 떨어진 남의 나라에서 무엇을 위해 싸웠단 말인가. 내가 알고 있는 전쟁의 법칙은 미국의 경찰에는 적용되는 것이 아니었다. 그들은 적이 누구인지 알고 있는 것만으로는 부족하다고 말한다. 물적인 증거가 있어야 한다는 것이다. 이제 나에게 필요한 것은 전략상 빈틈없는 계획과 그것을 직접 행동으로 옮기는 것뿐이다. 월남 전선에서 우리는 〈섬멸〉을 구호로 외쳤다. 모조리 격멸시켜야 한다. 이제 나의 나라 안에서 적들을 향해 선전 포고를 해야 할 때가 온 것이다. 이곳은 월남의 전쟁터보다 오히려 나에게는 훨씬 더 절실한 전쟁터다.

8월 18일, 피츠필드의 사냥용 총을 파는 한 가게에서 도난 사건이 발생했다. 주인의 말에 따르면 고성능 사냥용 라이플과 고성능 스코프, 몇 장의 표적지와 몇 상자의 탄약이 없어졌다는 것이었다. 그런데 그 물건 값에 상당하는 충분한 액수의 현금이 들어 있는 봉투가 경리원의 책상에 놓여 있었다.

「단지 점원이 없었을 뿐 한밤중에 판매를 한 셈이죠.」

상점 주인이 경찰에게 말했다.

「분명히 내게 아무런 손해도 끼치지 않았소. 내 입장에서 볼 때 이건 범죄라고 말할 수는 없을 것 같소.」

8월 19일, 피츠필드에서 몇 마일쯤 떨어진 채석장 뒤쪽의 조용한 곳에서 총소리가 울리는 것을 채석장의 경비원이 들었다. 경비원은 훨씬 후에 이렇게 진술했다.

「나는 그곳까지 내려가 보진 않았어요. 그가 누구를 해치는 것도 아니었으니까요. 그는 표적지를 100야드쯤의 거리에 두고 사격 연습을 하고 있었습니다. 아주 고성능의 라이플 소리였어요. 잠시 동안 지켜봤죠. 다섯 발을 쏘고 다시 조절하여 다섯 발을 쏘곤 했어요. 두어 시간 정도 사격 연습을 하더군요. 나는 그에게로 내려가 볼 필요가 없었어요. 그곳은 사격 연습을 하기에는 안성맞춤인 곳이니까요. 그리고 그는 아무 것도 해치지 않았으니까요. 나도 가끔 그곳에서 사격 연습을 하죠.」

보란은 8월 19일의 일기에 이렇게 적고 있다.

444구경은 처음 사용해 보지만 그 성능은 정말 놀랍다. 이 라이플은 곰이라도 한 방에 쓰러뜨릴 만큼 강력하다. 나의 적들에게는 과분할 정도다. 100, 110, 120야드 거리에서 시험 사

격을 하면서 스코프의 눈금을 확인했다. 아주 정확했다. 내일
은 현장으로 가서 스코프를 통해 거리를 확인한다.

8월 21일의 일기는 또 이렇게 적고 있다.

　이제 됐다. 최초의 목표물을 확인했고 준비는 끝났다. 경감
으로부터 TIF에 관한 정보를 얻을 수 있었다. TIF란 〈트라이앵
글 인더스트리얼 파이넌스〉의 약자다. 겉으로는 버젓한 금융
회사지만, 놈들은 법의 허점을 이용하여 엄청난 이자를 받아
챙기고 있다. 법은 이들을 어떻게 해볼 도리가 없겠지만 맥 보
란은 할 수 있다. 나의 준비는 완벽하고 목표물의 확인도 틀림
없다. 주요 목표는 로렌티다. 이 악당이 이 일대의 책임을 맡
은 간부급이다. 매일 저녁 5시 50분에 놈의 승용차가 회사 앞
에 나타난다. 운전사는 미스터 어윈이란 녀석이다. 미스터라
고 불리는 녀석들은 무기를 휴대하고 있는 놈들이다. 세일즈
맨같이 생긴 놈이 보로코란 놈이다. 그놈이 회사의 실무를 맡
아 보는 것 같다. 대학생 타입인 피트 로드리게스는 회계를 맡
고 있는 지독한 악질이다. 이 다섯 악당들은 6시쯤에 회사에
서 나와 각 지점을 돌면서 수금을 한다. 그리고 지불이 늦어지
는 고객들에게는 별도의 조치를 취하곤 한다. 그러나 내일밤
은 너희들 마음대로 되지 않을 것이다. 맥 보란이 네 놈들의
그 허울좋은 금융 회사를 박살 내기 위해 델지 빌딩 4층에 나
타날 테니. 어젯밤 삼각 측정으로 거리를 쟀다. 오늘도 다시
확인했다. 이제 남은 일은 그들을 섬멸하는 일뿐이다. 마치 나
트랑에서 적을 습격하던 때와 비슷하다는 느낌이 든다. 놈들

이 도망칠 곳은 없다. 먼저 두 명의 미스터를 없앤다. 그러면 반격당할 가능성은 없어진다. 로렌티를 쏘는 데는 충분한 시간이 있다. 첫 한 발을 쏘고 6초 안에 사방으로 흩어져 가는 나머지 놈들을 잡으면 된다. 실제로는 더 빨리 해낼 수 있을 것이다. 총을 맞아본 적이 없는 놈일 테니 놀라 어리둥절해 하는 사이에 황천객이 되고 말겠지!

보란의 가족 장례를 치른 지 8일이 지난 8월 22일 금융 회사의 간부 다섯 명이 피츠필드의 회사 앞 노상에서 사살되는 사건이 일어났다. 목격자는 신문팔이였다. 그의 증언은 이러했다.

「다섯 명이 금융 회사에서 나왔어요. 그들은 회사 앞에 세워둔 승용차 옆에 멈췄습니다. 한 사람이 차의 반대편으로 돌아가려고 했습니다. 그때 갑자기 그 사람이 내 쪽으로 얼굴을 돌렸습니다. 아주 가까운 거리였기 때문에 그의 눈까지 똑똑히 보였어요. 눈을 크게 뜨고 있었는데 목에서 피가 뿜어져 나오고 있었어요. 총소리를 듣는 바로 그 순간이었어요. 총소리는 굉장히 크게 울렸는데 길 건너편 어딘가에서 쏘고 있는 것 같았어요. 너무나 순간적이라 길거리에 있던 사람들이 멍하니 바라보는 순간, 또 한 사람이 두 손으로 머리를 감쌌는데, 피가 튀면서 머리가 부서져 버린 것 같았어요. 그 순간 나머지 사람들 중 한 사람은 자동차 속으로 들어가려 했고 나머지 두 명은 건물 쪽으로 피하려 했지만 총알이 더 빨랐어요. 그저 탕, 탕, 탕이었죠. 모두 다섯 발에 다섯 명이 나뒹굴었어요. 분명 다섯 발이었어요. 모두 즉사했죠. 총알은 한결같이 그들의 목이나 머리에 관통했죠. 무서운 솜씨였어요.」

한 사복 경찰은 신문 기자들과의 사담을 통해,

「나는 갱들의 살인극에 큰 관심을 갖지는 않아요. 그건 뻔한 일이니까. 그 금융 회사가 마피아 조직이라는 것은 이미 알려진 사실 아니오? 저희들끼리 서로 죽이거나 총격전을 한다 해도 선량한 시민들만 다치지 않는다면 신경 쓸 게 없는 거요. 암흑가의 살인 싸움에 오히려 경찰이 잘못 말려들면 골치만 아프게 될 테니까 그저 모른 척하고 있는 게 수죠.」

이로써 맥 보란은 마피아를 향한 전쟁에 뛰어든 것이다.

2
운명의 여신

문의 우윳빛 유리창에는 금박으로 〈플래스키 엔터프라이스〉
라고 새겨져 있었다. 군복을 입은, 키가 큰 한 사내가 순간 멈칫
거리다 문을 밀고 안으로 들어갔다. 문이 그의 뒤에서 조용히 닫
혔다.

가무잡잡한 빛깔의 예쁜 여자가 칸막이 밖에 있는 접수 데스
크에 앉아 있었다. 그녀는 메모지에 낙서를 하고 있었는데 부드
러운 살결의 쭉 뻗은 다리를 꼬고 앉아 있었다. 그녀의 엉덩이만
겨우 가린 스커트 아래로 허벅지가 거의 다 드러나 보였다. 그녀
는 몸을 비틀듯 데스크에 기댄 채 얼굴만 들어 생긋 웃어 보였
다.

「안녕하세요!」

방문자의 목소리는 명랑하면서도 위엄 있어 보였다.

「아무도 안 계신데요.」

그녀는 그 말을 증명이라도 해보이려는 듯 흘끗 빈 사무실 쪽으로 시선을 돌려 보았다.

「기다리시겠어요?」

사나이는 스커트 아래로 뻗어 나온 그녀의 다리를 눈으로 훑으면서 말했다.

「맥 보란입니다. 플래스키 씨가 9시에 만나자고 해서…….」

그는 손목 시계를 한 번 쳐다보고 말을 이었다.

「정각 9시군요.」

「아, 그러세요! 플래스키 씨는 아마 안에 계실 것 같군요.」

그녀는 보란을 새삼스럽게 쳐다보면서 수화기를 들고 전화기의 아랫부분 버튼을 눌렀다.

「보란 씨가 찾아왔어요.」

그녀는 수화기에다 속삭이듯 말했다. 그리고 수화기를 그대로 든 채 맥 보란에게,

「들어가세요.」

라고 말했다.

보란은 그녀를 한 번 더 돌아보고 안으로 들어갔다. 「오우, 플래스키 씨!」라는 그녀의 교태 어린 소리를 들으면서. 그는 칸막이 방 안으로 들어가 책상 앞에 앉은 사나이를 바라보았다. 그는 회전 의자에 비스듬히 누운 자세로 귀에 수화기를 대고 있었다. 그는 지금 접수 데스크의 여자와 농도 짙은 장난질을 하고 있는 중이었다.

맥 보란은 가죽 의자에 앉아 담배에 불을 붙였다. 플래스키는 음흉하게 웃으면서 음담을 끝맺고 다른 이야기를 시작했다. 이야기의 내용을 보란에게 들려주려는 의도인 것 같았다. 보란은

플래스키가 수화기에다 대고 떠들고는 있지만 실은 자신을 관찰하고 있음을 알 수 있었다. 플래스키는 몸집이 큰 편이었으나 비만하지는 않았다. 수화기를 쥔 손은 굵었으며 손톱은 잘 다듬어져 있었다. 40 전후의 나이에 머리는 금발에 가까운 갈색이었는데 잘 빗겨져 있었다. 혈색 좋은 미남형이었다. 수화기에서 그녀가 깔깔대는 소리가 들렸다. 플래스키는 사무적인 표정으로 바뀌었다.

「남자들이란 하루 일과를 피곤하지 않게 하자면 이런 대화가 필요하답니다. 당신이 보란 씨요?」

「맥 보란입니다. 이 마을에 오래 머물 시간이 없으므로 문제를 빨리 끝냈으면 좋겠습니다.」

「선생께서 연락해 주셔서 다행입니다. 물론 당신도 알고 있을 줄 믿습니다만 우리는 당신도 알다시피 감사 회사입니다. 트라이앵글 인더스트리얼의 불행한 사건이…….」

「나는 곧 돌아가야 합니다. 그래서 당신의 회사에서 트라이앵글의 업무를 대행하고 있다기에 이렇게 찾아온 것입니다.」

「정말 끔찍한 사건이었죠?」

플래스키는 중얼거리듯 말을 이었다.

「다섯 명이나, 그것도 유능한 사람들을 한꺼번에 해치워 버리다니, 그것도 순식간에……. 아, 당신 아버지의 장부가 보관돼 있습니다.」

그는 서류철을 꺼내 뒤적였다.

「솔직히 말씀드려 숫자가 상당히 불어나 있군요. 그 동안 계속 지불이 밀렸습니다.」

보란은 조그만 노트를 꺼내 플래스키의 책상 위로 던졌다.

「이걸 보니 그렇지도 않군요. 아버지께서 기입하신 장부입니다. 11개월 전에 400달러를 빌려서 지금까지 550달러를 갚은 것으로 돼 있습니다. 또 여기에 적혀 있진 않지만 아버지 이외의 가족으로부터 받은 것도 있을 것입니다. 당신의 장부가 틀린 거요.」

플래스키는 두 손을 책상 위에 올린 채 보란이 던진 노트는 거들떠보지도 않았다.

「금융업은 자선 사업이 아닙니다. 따라서 우리 장부가 잘못될 수는 없답니다. 모든 장부가 한 해에 두 번씩 감사를 받고 있으니까요.」

「차용액은 400달러이고 갚은 것은 550달러요. 그러니까 이자까지 다 갚은 거요.」

플래스키는 억지 웃음을 띠면서 대꾸했다.

「다시 말하지만 금융 회사는 자선 사업을 하는 곳이 아니라 돈을 빌려 주는 곳이오. 우리는 당신 아버지께 돈을 빌려 드렸습니다. 90일 안에 갚겠다는 조건이었죠. 그 기간 동안 원금과 이자를 다 갚았다면 문제는 간단히 끝났을 것입니다. 그런데 당신의 아버지는 그 계약을 이행하지 못했습니다. 당신의 아버지가 납입한 것은 이자와 연체료의 일부일 뿐입니다. 원금은 한푼도 갚지 못했답니다.」

「하지만 400달러의 이자로 550달러란 너무 비싸지 않습니까?」

「연체 이자를 모르시는군요. 다른 은행의 이자보다 우리 회사의 이자가 비싼 것은 사실입니다. 그러나 그것은 일반 은행에서 망설이는 당신 아버지에게 우리는 위험 부담을 안고 돈을 융자해 주었기 때문입니다. 어째서 당신 아버지는 은행에서 돈을 차

용하지 않았죠? 우리는 그것을 아무런 조건 없이 해드렸지 않습
니까? 이봐요, 군인 아저씨. 당신 아버지에게 돈을 빌려 준다는
것은 큰 모험이었기 때문에 당연히 높은 이자가 붙어 오게 마련
이잖소? 우리가 당신들에게 강제로 돈을 써달라고 요구한 것이
아니오. 자, 아시겠소? 그러면 이제 결론을 내립시다. 당신 아버
지의 빚을 갚아 주시겠소?」

「그 부채는 다 갚은 것이라고 생각합니다. 내가 이곳에 온 것
은 바로 이 말을 하기 위해서입니다.」

「이봐요, 보란 씨. 계약은 당신 아버지와 한 것이니 당신 아버
지를 오라 하시오.」

플래스키는 언성을 높이며 말했다.

「그것 참 잘 되었는데, 플래스키 씨. 아버지는 열흘 전에 돌아
가셨으니까요.」

이 말에 말문이 막혔는지 플래스키는 서류철을 한동안 열었다
닫았다 하다가 다시 말했다.

「그렇다면 우리는 이 문제를 우리의 법률부로 넘기겠소. 당신
도 잘 알겠지만 재산을 차압할 수도 있을 거요.」

「재산 같은 건 남아 있지도 않소. 하여튼 부채는 다 갚은 거
요, 플래스키 씨. 400달러를 빌렸는데, 550달러를 갚았으니 그것
으로 빚은 충분히 갚았단 말이오.」

보란이 일어서자 플래스키가 그를 따라 일어서면서 말했다.

「당신, 정말 겁없이 떠드는구먼!」

순간 실내 분위기는 싸늘해졌다.

「그렇다면 당신들의 법률이 나를 월남까지 쫓아온다는 건가?」

보란은 빈정대면서 말했다.

「월남이라구?」

플래스키가 소리쳤다.

「나는 가족을 매장하기 위해 긴급 휴가를 얻었소. 나는 며칠 내로 다시 돌아가야 된단 말이오. 그리고…….」

보란은 다시 의자에 앉았다.

「그리고 뭐요?」

분노를 억누르느라고 혈색 좋은 얼굴이 붉어지면서 플래스키가 소리쳤다.

「나는 그 친구들을 해치우는 것을 봤소.」

「뭐라구? 그 친구들이라니?」

플래스키의 눈이 둥그레졌다.

「트라이앵글의 사람들을 죽이는 것을 봤단 말이오.」

「그래서?」

플래스키는 주먹을 꽉 쥐었다.

「그놈 얼굴을 알 수 있을 것 같은데…….」

갑자기 호화로운 사무실 안에 전기에 감전된 것 같은 무거운 침묵이 흘렀다.

플래스키는 손가락의 마디를 꺾어 뚝뚝 소리를 냈다. 그 소리가 침묵을 더욱 실감나게 했다.

「경찰에 신고했소?」

잠시 후 플래스키가 입을 열었다.

「내가 그런 짓을 해서 귀찮은 일에 말려들 것이라고 생각했소?」

보란은 그런 바보짓은 생각도 할 수 없다는 듯이 말했다.

「음, 내 동료들이 당신의 이야기에 꽤 흥미를 느끼겠는데.」

플래스키는 무언가를 깊이 생각하는 듯했다.

「아까도 말했듯이 난 며칠 내로 월남으로 돌아가야 하오.」

「빨리 만날 수 있게 해주겠소.」

「지긋지긋한 정글로 돌아가기 전에 좀 재미있고 유쾌한 일을 하고 싶소.」

키가 큰 사내는 싱긋 웃으면서 말을 이었다.

「하지만 당하는 건 딱 질색이오.」

「물론이지. 굉장히 재미있는 일을 즐기게 해주겠소.」

플래스키는 급히 대답하고는 전화기로 손을 뻗었다.

「그런데 아까 그 이야기는 어떻게 되는 거요?」

보란이 그를 제지하면서 말했다.

「무엇 말이오?」

「회사와 고객의 딱딱한 관계 말이오. 보란의 빚은 다 해결됐다는 건가요?」

「물론이오. 물론 그것은 다 끝난 거요.」

「그럼 차용 증서를 돌려 주시겠소?」

플래스키는 서류철을 열어 증서를 꺼내 보란에게 건네 주었다. 그리고는 급히 전화 다이얼을 돌렸다.

「보란, 당신은 운명이라는 걸 믿소?」

플래스키는 오늘 아침 뜻밖의 상황 변화로 기분이 매우 좋아져서 물었다.

「물론, 내가 얼마나 운명을 믿고 있는지 아마 당신은 상상도 못할 거요. 플래스키.」

키 큰 사내가 대답했다. 그리고 맥 보란은 미소 지었다.

3
작전 계획

맥 보란은 자신의 임무에 대해서 결코 착각을 하고 있지는 않았다. 그는 신념에 미친 십자군의 병사도 아니었고, 더구나 복수심에 불타는 사람도 아니었다. 〈성급히 덤비지 말라〉는 것이 그의 생활 모토였으며 어떤 동기 때문에 목숨을 버리는 것이 꼭 필요하다고 생각지도 않았다. 아마 이것은 그의 가족들도 마찬가지였을 것이다. 단지 그것이 잘못된 형태로 나타난 것이었을 뿐이었다.

그의 누이동생과 남동생, 그리고 아버지의 행동처럼 맥 보란에게 있어서도 자신의 임무는 극히 뚜렷한 것이었다.

그는 거머리와 같은 마수가 아메리카의 목구멍까지 뻗쳐 있는 것을 보았고 또 그것을 어쩌지 못하는 아메리카의 무기력함을 보았다. 그리고 그는 또 계속 팽창해 가는 흡혈귀들에게 자신이 조금이라도 타격을 줄 수 있는 입장에 있으며 힘도 갖고 있다는 것을 알았던 것이다.

맥 보란과 같은 사나이에게 있어서 그것은 당연한 임무처럼 느껴졌다. 그렇다고 그것이 그의 착각은 아니었다. 그는 자신이 얼마나 위험하고 불리한 입장에 놓여 있는가도 잘 알고 있었다. 그는 말할 것도 없이 법을 위반하여 다섯 사람을 죽인 살인범인 것이다. 만약에 체포된다면 그는 법정에서 한치의 동정도 기대할 수 없을 것이다. 이미 경찰은 혈안이 되어 그의 뒤를 쫓고 있을 것이며, 플래스키를 찾아갔을 때의 상황으로 보아 〈조직〉도 트라이앵글 사건의 범인에 대해 상당한 관심을 갖고 있는 게 분명했다.

그러나 그가 플래스키 앤터프라이스를 찾아간 것은 어리석은 허세도 아니며, 풋내기의 무분별한 행동도 아니었다. 그는 자신이 무엇을 하고 있으며 앞으로 무엇을 하려는 것인지를 정확히 알고 있었다. 그는 냉정하고 조심스러운 전투 계획에 따라 움직였다.

〈찾아내 죽여 없애는 것〉 이것이 그의 계획이었다. 발견, 확인, 그리고는 섬멸——그들이 재정비하거나 반격할 여지를 갖기 전에. 지금 그는 유리한 입장에 놓여 있다. 그는 트라이앵글 인더스트리얼의 배후에 연결된 끈을 찾아냈다. 그 끈을 통해 작전 계획은 잠입의 단계로 들어가는 것이다.

잠입!

목표 발견!

확인!

섬멸!

이것의 그의 계획이다. 그 끈을 더듬어 가다 보면 언젠가는 레

오라는 사나이를 만나게 될 것이다. 그리고 보란은 그와 만나게
된다 해도 의무적인 냉정함 이상의 다른 감정은 갖지 않겠다고
스스로에게 다짐했다. 레오! 그도 역시 작전의 한 목표였다.

 형사부장 알 웨더비는 그의 책상 한가운데에 산더미같이 쌓여
있는 보고서를 노려보았다. 그리고는 생각에 잠긴 듯이 아랫입
술을 지그시 깨물면서 200파운드가 넘는 육중한 몸집을 일으키
더니 닫혀 있는 문 쪽으로 걸어갔다. 그러다가 다시 책상으로 되
돌아와서는 보고서 중에서 서류 한 장을 끄집어내 그것을 읽어
보고는 다시 집어넣었다. 그리고는 문으로 걸어가 문을 열고 바
로 문 밖에 앉아 있던 피부 색깔이 검은 남자에게 말했다.
 「잭, 지금 그 군인을 데려오게.」
 그는 문을 열어 놓은 채 책상 바로 뒤에 있는 그의 의자로 되
돌아왔다. 그가 담배에 불을 붙이고 책상 위의 서류를 뒤적거리
고 있을 때 한 경관이 군복을 입은 사나이를 데리고 들어왔다.
웨더비는 키가 큰 사나이를 흘끗 보고는 억지로 웃는 표정을 지
어 보였다.
 「부장님, 저는 여기 있을까요?」
 경관이 그에게 물었다.
 웨더비는 고개를 가로저은 뒤 육군 군복을 입고 있는 키가 큰
사내를 향해 손을 내밀었다.
 「내가 형사부장 웨더비요. 앉으시오, 보란 중사.」
 키가 큰 사나이는 악수를 하고는 책상 옆에 놓여 있는 평평한
나무 의자에 걸터앉아 형사부장을 바라보았다.
 웨더비는 문이 닫히기를 기다린 다음 입가에 웃음을 띠면서

말했다.

「아! 그것들은 대단히 흥미 있는 과일 샐러드(훈장들을 뜻함)로군요.」

그는 군인의 가슴께에 주렁주렁 달려 있는 훈장들을 보기 위해 몸을 앞으로 내밀었다.

「퍼플 하트 훈장과 명사수 메달, 그리고 동성 훈장은 나도 알고 있소. 나머지 다른 것들은 내가 복무할 당시엔 없었던 것 같군. 도대체 당신은 얼마나 많은 병기에서 명사수의 자격을 땄소?」

보란은 갑자기 상대방의 눈이 자신을 쏘아보고 있음을 느꼈다.

「휴대용 무기는 거의 전부입니다.」

「100야드 이상의 거리에서 5초 안에 다섯 발을 명중시킬 수 있소?」

「총에 따라 다르죠. 하지만 쏘아본 적은 있습니다.」

보란이 가볍게 대답했다.

「레버 액션의 총이었던가요?」

「군에서는 레버 액션은 사용하지 않습니다.」

보란이 진지하게 대답했다.

웨더비는 고개를 끄덕이며 담배 연기를 힘껏 들이마시고는 다시 뿜었다.

「나는 사이공에 있는 나의 친구와 몇 번 텔렉스로 통화를 했소. 혹시 해링턴 소령을 알고 있소?」

보란은 고개를 가로저었다.

「사이공에 있는 MP인데 옛날부터 잘 아는 사이요. 그가 당신에 관한 재미있는 이야기를 들려주었소, 중사.」

형사의 얼굴이 굳어져 갔다. 그는 재떨이에 담배를 비벼 끄고
는 탐색하는 눈빛으로 군인의 얼굴을 쏘아보았다.

「부대 안에서 당신의 별명이 〈킬러〉라고 하던데 왜 그들이
당신을 그와 같이 부릅니까, 중사?」

보란은 몸을 바로하고는 형사부장의 얼굴을 잠깐 동안 바라보
더니 이렇게 말했다.

「만약 저하고 게임을 하시겠다면 그 게임의 이름을 가르쳐 주
시기 않겠습니까?」

「그 게임의 이름은 살인 사건이오.」

웨더비는 쏘아붙이듯이 말했다.

「내가 월남에서 사람을 죽인 것은 어디까지나 임무였습니다.」

보란이 조용히 대답했다.

「여기는 월남이 아니란 말이오. 저격병이 자기 맘대로 누가 죽
고 누가 살 것인가를 결정하며 이 거리를 걸어다닐 수는 없어
요.」

웨더비가 소리치자 보란은 어깨를 움츠리면서 말했다.

「내가 사격의 명수라고 해서 어젯밤의 저격 사건과 나를 연결
시킨다면…….」

「그것 때문만이 아니야!」

웨더비가 반말로 소리쳤다.

「이것 봐, 보란! 자네는 지난번 하워드 경감을 찾아와서 트라
이앵글의 사람들에 관해서 끈덕지게 물었어. 그리고 자네 아버
지를 미치게 한 건 그들이라고 소리쳤어. 자네는…….」

「수사 책임자는 당신이 아니었던가요?」

보란은 잠시 말을 끊었다가,

「우리 가족이 죽었단 말이오.」

라고 말했다.

웨더비는 입을 열려다 말고 고개를 끄덕였다. 보란이 다시 말했다.

「그렇다면 당신은 봤을 거요. 그리고 왜 이런 일이 일어났는가도 당신은 알고 있을 거요. 아무도 그 고리 대금업자들을 어떻게 하려고 하지 않았소. 어젯밤까지도 말이오. 드디어 누군가가 행동한 거요. 하지만 어느 누가 불평할 수 있겠소? 신문에선 그것을 갱들의 세력 다툼이라고 말했소. 누구의 짓이냐는 것을 문제 삼는 사람이 있느냐 말이오?」

웨더비 부장은 오랫동안 말없이 그를 노려보다 조용히 입을 열었다.

「나는 문제로 삼을 수밖에 없네, 보란. 이 나라에서 정의가 철저하게 지켜지고 있다고 할 수는 없지만 그러나 뭐라 해도 법 안에 있는 정의보다 더 좋은 정의는 없다고 생각하네. 우리는 한 사람이 제멋대로 판사도 되고 배심원도 되어 총을 들고 걸어다니는 것을 용납할 수는 없어. 이봐, 여기는 월남이 아니란 말이야.」

「만약 내게 혐의가 있다면 밟아야 할 수속 절차가 있을 텐데요?」

보란이 싸늘하게 웃으며 말했다.

「아직은 혐의자로 되어 있는 것은 아니야. 그러나 나는 분명히 알고 있네, 보란. 이 사실을 잊지 말게. 어떤 자가 8월 18일 사냥 용품점에 들어가서 444구경 머린 레버 액션 총과 고성능 스코프

를 훔쳐갔어. 그리고 그 자는 이튿날 채석장에서 사격 연습을 했
고. 정해진 순서대로 100, 110, 120야드에서 각각 다섯 발씩 쏘면
서 스코프의 눈금을 조절했어. 채석장의 경비원은 어제 아침 신
문을 보기까지는 대단찮게 생각하고 있었지. 나는 그 경비원이
자네의 얼굴을 기억하고 있다고 말하려는 것은 아니네. 자네는
바보가 아니니까. 하지만 내가 자네와 게임을 하려는 것이 아님
을 명심해 주게, 중사.」

보란은 말없이 듣고만 있었다.

「그리고 이틀 전에 그 저격수는 델지 빌딩의 4층으로 올라가
비어 있는 방의 창 앞에 자리를 잡고 앉았어. 거기서 그는 팔말
담배를 네 대나 피웠어. 지금 자네가 피우고 있는 담배지. 그는
재떨이로 콜라병을 사용했어. 6시경에 그는 아래에 있는 거리를
향해 다섯 발을 발사했지. 곰이라도 잡을 수 있는 고성능 라이플
이었어. 그리하여 트라이앵글사는 갑자기 기능이 마비되고…….
그리고 그는 〈나는 복수했다!〉라고 말했어.」

키가 크고 마른 듯한 중사가 몸을 움직이자 의자가 삐걱거리
는 소리를 냈다.

「그렇게 잘 알고 있으면서 대체 왜 나를 체포하지 않는 거
죠?」

그가 조용히 물었다.

「진술하겠나?」

「나는 진술할 게 없어요.」

보란이 냉담하게 웃으면서 말했다.

「이봐, 중사! 자넨 그 머리로 무슨 바보 같은 생각을 하고 있
는 건가?」

보란은 두 손바닥을 위로 펴보이면서 말했다.

「바보 같은 생각은 하지 않습니다.」

「언제 월남으로 돌아가지?」

「돌아가지 않습니다. 어제 전속 명령을 받았습니다. 군당국의 인간적인 배려죠.」

보란은 유쾌하게 웃으며 말했다.

「전속이라구? 어디로?」

웨더비가 다급히 물었다.

「프랭클린 하이에 있는 ROTC 훈련단입니다. 바로 이 피츠필드에 있죠.」

보란은 능글맞게 답해 주었다.

「오! 제기랄!」

「어린 남동생 때문입니다.」

보란이 조용히 덧붙였다.

「내가 그의 유일한 혈육입니다.」

웨더비는 문과 책상 사이를 불안스레 왔다갔다 하고 있었다.

「그렇다면 이거 골치 아프게 됐는데. 난 자네가 정글 깊숙이 숨어 버리면 귀찮은 일도 없으리라고 생각했는데.」

그는 손가락으로 책상을 두들겼다.

「월남 전선이야말로 자네에겐 가장 인간적인 배속이었던거야.」

「당신이 무슨 말을 하는지 잘 모르겠는데요.」

보란이 불안하게 물었다.

「내가 무슨 말을 하는지 잘 알고 있을 텐데. 나는 마피아에 관해 말하고 있는 거네. 절대로 용서하거나 잊어 주지 않는 마피아

라는 조직 때문에 한 저격수를 걱정하고 있는 거라구. 그 사나이
는 마피아의 간부 다섯 명을 죽였지. 아니 죽이지 않았는지도 모
르지. 그러나 마피아의 율법은 법과는 다르네. 의심스러운 것은
벌하지 않는다는 법은 없네. 결국 이 거리는 사격장으로 변하겠
지. 그런데도 나는 법정에 제출할 물적 증거를 하나도 갖고 있지
못하므로 방관할 수밖에 없거든. 내 말은 바로 그런 것을 말하고
있는거야. 분명히 말해 두지만 자네가 범인이든 아니든간에 자
네는 도저히 그들 손에서 달아날 수 없네. 자네는 용의자로서 아
주 불리해. 법정에서는 어떨지 모르지만 마피아의 법은 자네를
절대로 용서하지 않을 걸세. 오늘 무사했다고 내일도 또 무사할
수는 없어. 그들은 자네를 찾아내고 말거야. 그런데도 나는 자네
를 도와줄 수가 없어. 사실은 도와 주고 싶은데도 말이야. 그렇
다면 자네의 어린 동생은 어떻게 되지? 이 거리에서 자네가 피
를 흘리고 쓰러진다면 자네의 어린 동생은 어떻게 되는 건가, 보
란?」

「그럼 날보고 어떻게 하라는 거죠?」

보란이 웨더비 부장을 노려보며 말했다.

「진술을 해주게. 자백을 하란 말이야. 그것만이 자네가 법의
보호를 받을 수 있는 유일한 길이네.」

웨더비는 진지하게 말했다.

「어떻게 보호해 준다는 거죠? 전기 의자에 앉기 전까지 말인
가요? 그렇게 되면 제 동생은 어떻게 되죠, 웨더비 부장님?」

보란이 냉담하게 웃으며 말했다.

「나는 그렇게 생각하지 않네. 법관의 정상 참작이라는 것도 있
으니까.」

「물론 그렇겠죠.」

보란은 일어섰다.

「형사부장님, 이건 역시 게임이었소. 이제 그만 가봐야겠는데
요.」

「이봐, 중사. 나는 자네를 기소하겠다는 것이 아니야.」

형사부장이 다급하게 말을 이었다.

「나는 자네에게 솔직하게 말했네. 경관이 이 이상 어떻게 더
솔직해질 수 있겠나? 나는 사소한 혐의로 전장의 영웅을 법정으
로 끌고 가기는 싫네. 물론 자네를 기소할 만한 충분한 증거도
갖고 있지 않지만. 그러나 나는 자네 같은 사람이 시내를 돌아다
니고 있다는 것을 생각하면 가만히 있을 수가 없네. 자넨 〈저격
수〉이니까 말이야. 하지만 언젠가는 놈들에게 당하고 말 거야.
놈들은 결코 포기하지 않을 테니까.」

「충고해 주셔서 감사합니다.」

보란은 이렇게 말하곤 미소 지었다.

「언젠가는 다시 만나게 되겠죠?」

그는 문을 열고 나가다가 다시 한 번 뒤돌아보았다. 형사부장
은 양손을 주머니에 깊숙이 쑤셔 넣은 채 문가에 기대서서 보란
의 뒷모습을 근심스러운 표정으로 바라보고 있었다.

보란은 갑작스러운 냉기가 그의 등을 스치는 것을 느끼며 순
간적으로 자신을 의심했다. 내가 너무 나의 힘을 과신하는 것은
아닐까? 경찰도 손을 댈 수 없는 조직과 나 혼자의 힘으로 맞서
겠다는 말인가?

보란은 어깨를 움츠리며 계단을 내려왔다. 차마 뒤돌아볼 수
가 없었다.

전쟁은 이미 시작되었다. 그날 오후 맥 보란은 마피아 내부의 인물들과 만날 약속이 되어 있었다. 법에는 그 나름대로의 견해가 있다. 그러나 그는 그것을 받아들일 수가 없었던 것이다.

4
기회 균등

그곳은 거물급의 실업가들이 모여 마치 아늑한 컨트리 클럽에서 휴식을 취하고 있는 것 같은 느낌을 주는 곳이었다. 네트 플래스키의 혈색 좋은 얼굴은, 털이 무성한 그의 몸뚱이를 둘로 나누고 있는 진홍빛 수영 팬츠보다는 덜 붉어 보였다. 그는 풀 사이드에 있는 텐트에 기대어 얼음 주스 잔을 든 채, 알몸이나 다름없는 비키니 차림의 늘씬한 금발 여인과 무엇인가 속삭이고 있었다. 풀 사이드의 여기저기에는 미스 유니버스 정도의 미인들이 비키니 차림으로 제각기 그들의 몸매를 과시하고 있었다. 50세 정도의 온건하게 보이는 남자가 하얀 리넨 바지에 폴로 셔츠를 입고는 점잖게 비치 파라솔 아래의 테이블에 앉아 있었다. 그의 옆에는 스포츠 재킷 안에 얇은 스웨터를 입고 콤비 바지를 입은 젊은 남자가 앉아 있었다. 그리고 그 주위에는 몇 명의 사나이들이 각자 평상에 엎드려 일광욕을 즐기거나 탈의실 근처에 조용히 앉아 있었다.

〈보디가드로군!〉

보란은 즉각적으로 그렇게 느꼈다. 그들은 보란의 등장을 유심히 보고 있다가 눈짓을 교환했는지, 아니면 본능적인지는 몰라도 걸어오는 보란을 일제히 지켜보고 있는 것이었다. 이때 플래스키가 금발의 여인에게 무엇인가를 지시하고 보란에게로 천천히 걸어왔다.

「미국 육군이 쳐들어 왔군요.」

한 여인이 키가 큰 군인에게 반한 듯 속삭였다.

「입 닥쳐!」

플래스키가 여인의 앞을 지나치면서 낮게 말했다. 그는 보란을 두 사람이 앉아 있는 테이블로 데리고 갔다.

「월트 시모어, 이 사람이 맥 보란 중사야.」

플래스키는 먼저 나이 많은 남자에게 보란을 소개했다. 그 남자는 형식적으로나마 보란을 정중히 대했다. 보란은 웃으면서 손을 내밀었다. 그러면서 그는 이들의 세계에 한 걸음 더 접근했다고 생각했다. 그러나 이것은 형식적인 관계에 불과하며 이제부터 시작이라는 것도 물론 잘 알고 있었다. 시모어와 인사가 끝나자 옆에 앉아 있던 젊은 남자가 손을 내밀었다.

「레오 터린이오. 월남에서 돌아온 지 얼마 안 된다고 하던데 ……. 당신은 어느 부대에 있었소?」

「제9보병 사단에 있었습니다.」

보란은 상대방의 이름을 들었을 때 자신의 안색이 변하지 않았는지 걱정스러웠다. 그의 말투에는 전우를 맞는 듯한 친밀감이 스며 있었으나 그의 기억 속에서는 동생 조니의 말이 생생하게 되살아나고 있었다.

〈레오라는 자가 누나를 설득시켰어요.〉

「나는 그린 베레에 있었소.」

터린이 자랑삼아 말했다.

「나도 중사였었소. 제5공수 특전단이었소.」

보란은 조직의 내부에 있는 사나이와 공통된 화제를 갖게 된 것을 다행스럽게 생각했다.

「내가 알기로는 그린 베레에서 제일로 치는 특기라면 여자를 주선하는 것이라던데요?」

이 말은 뜻밖으로 들어맞았다. 터린은 점잖게 앉아 있는 시모어를 홀끗 쳐다보고는 웃음을 터뜨렸다.

「그래요. 그 이야기를 하자면…….」

소리치며 말하려다가 그는 시모어가 자신을 차갑게 노려보고 있다는 것을 깨닫고 얼른 입을 다물었다. 그러자 예비군 GI는 보란에게 눈짓을 하고는 그의 자리로 가 앉았다.

이때 거의 알몸인 여자 하나가 보란에게 얼음이 든 컵을 건네주었다. 보란은 잔을 받아들면서 그녀에게 눈인사를 하고는 플래스키에게 말했다.

「멋있는 여자군요.」

「전부가 다 일류급이지! 당신 마음에 든다면 가질 수도 있소. 우리의 얘기가 끝난 다음에 말이오.」

플래스키가 텐트 쪽으로 걸어가는 여자의 뒷모습을 바라보면서 말했다.

보란은 이제 보디가드들의 배치가 끝났다는 것을 알아차렸다.

「자, 이제 본론을 얘기합시다.」

보란이 웃으면서 말했다. 그러자 플래스키가 가볍게 기침을 하고는 입을 열었다.

「시모어와 터린, 그리고 나는 죽은 사람들 중의 하나인 조셉 로렌티와 동업자요. 물론 우리는 그 다섯 명을 다 알고 있소. 모두 가족과 같은 사람들이니까. 우리는 경찰이 범인을 체포하는 데 협력할 생각이오. 그런데 보란 중사, 경찰에는 갔었소?」

보란은 그들에게서 그런 질문이 나오리라는 것을 이미 짐작하고 있었다.

「그렇소. 오늘 아침 당신 사무실에서 나오다가 그들에게 끌려 갔었소.」

「자네가 자진해서 경찰에 간 줄 알고 있는데.」

시모어가 조용히 말했다.

「천만에.」

「왜 경찰에 안 갔었나?」

시모어가 다그쳐 물었다.

「플래스키 씨에게 말한 대로 모처럼의 휴가를 귀찮은 일에 말려들어 망쳐 버리고 싶지 않았기 때문이오.」

보란은 한 차례 크게 웃은 다음 계속해서 말했다.

「그런데 갑자기 사정이 달라졌어요. 이제 월남으로 돌아가지 않아도 되게 되었소. 전속 명령을 받은 거요. 앞으로 당분간은 피츠필드에 있을 겁니다.」

「어째서 그렇게 되었지?」

시모어가 다시 물었다.

「어린 동생 때문이오. 그는 겨우 열네 살이고 혈육이라곤 나밖에 없소.」

「군대도 그럴 땐 아주 인간적이군.」

플래스키가 내뱉듯이 말했다. 그러나 시모어는 그것을 무시하는 듯 말했다.

「그래서 자네는 어리석게도 경찰에 협력할 생각이었군. 오늘 아침 플래스키를 만나고 나온 후 행운의 소식을 받고는 훌륭한 시민의 당연한 의무처럼 경찰에 연락했겠군.」

보란은 계속 웃으면서 말했다.

「당신은 내 말을 잘못 알아들으셨군요. 나는 분명히 끌려갔었소. 오늘 아침 플래스키 씨를 만나고 나오니까 밖에 경찰차가 서 있었고 형사가 나에게 할 말이 있다고 그랬소.」

「뭣 때문에?」

시모어가 이상하다는 듯이 높은 목소리로 물었다.

「일종의 우연이었소.」

보란은 진지한 어조로 말을 계속했다.

「우리 아버지가 죽었을 때 그 사건을 맡았던 형사가 또다시 트라이앵글 사건을 맡게 되었던 거요. 그리고……」

「자네 아버지도 피살되었나?」

시모어가 다급하게 물었다.

「아니오, 자살이었소. 잘은 모르지만 신경 쇠약 같은 거였어요. 늘 병을 앓아 왔는데 게다가 빚 때문에 시달림을 받고 있었답니다. 담당 형사가 그 빚은 트라이앵글사에서 차용한 것이라고 말해 주더군요. 그래서 그 두 사건을 연결시켜 내가 범인일 거라고 생각하고는 나를 연행해 갔던 거죠.」

그는 웃으면서 다시 말했다.

「정말 나는 총으로 빚을 없애는 짓 따위는 하지 않아요.」

보란은 플래스키를 쳐다보며 말을 이었다.

「그건 당신이 증명해 줄 수 있겠죠? 아무튼 나는 경찰의 호기심을 풀어 주었고 그들도 알았다고 나에게 말했소. 그걸로 다 끝난 거요.」

「자네는 다 털어놓지 않는군.」

시모어가 여유 있는 말투로 말했다.

「무슨 뜻이오?」

「샘 보란은 그의 아내와 딸도 총으로 쏘았지!」

「아! 진정하게. 월트.」

터린이 부드럽게 말했다.

「괜찮소!」

보란이 시모어를 똑바로 쳐다보며 말했다.

「아버지가 저지른 일을 원망하고 있지는 않습니다. 나는 철이 들 나이가 되자 집을 떠났어요. 그러니 가족들에 대한 얘기는 꺼내지 말아 주시오. 알겠소?」

시모어와 터린이 서로 얼굴을 쳐다보았다. 그것을 보고 보란은 자신의 화난 말투가 그들에게 먹혀 들어갔음을 알았다.

「알겠네, 중사.」

시모어가 재빨리 대답했다.

「기분 나쁘게 생각지 말게. 단지 자네를 시험해 봤을 뿐이야. 이해하겠나?」

보란은 시모어를 응시했다.

「왜 내가 당신을 도와 주어야만 하죠?」

「에, 그것은…….」

시모어는 난처한 듯이 콧등을 몇 번 문지르고 나서 천천히 말을 이었다.

「먼저 그 이야기를 시작한 것은 자네 쪽이고, 그리고 자네는 그 이야기를 하기 위해 이곳까지 왔을 텐데……. 그렇지 않은가, 보란?」

「아닙니다.」

「아니라구?」

시모어는 눈을 크게 뜨면서 플래스키를 쳐다보았다. 보란은 천천히 담배에 불을 붙여 한 모금 빨고 난 다음 연기를 내뿜으면서 말했다.

「경찰에 갔을 때 생각이 달라졌소.」

「그랬군.」

시모어가 말했다. 그러나 그는 보란의 말뜻을 모르고 있는 것이 분명했다.

「나는 그 저격 사건이 일어났을 때 그곳에 있었어요. 델지 빌딩에서 어떤 사람이 뛰어나오는 것을 보았어요. 하마터면 그 사람과 부딪칠 뻔했었소.」

「그래서?」

플래스키가 다급히 물었다.

「그러나 나는 경찰에서 아무 말도 하지 않았소. 만약 내가 거기에 있었다는 것을 말한다면 웨더비가 나를 더욱 의심할 테니까 말이오.」

「웨더비가 누구지?」

시모어가 물었다.

「형사부장이오.」

시모어가 한숨을 쉬고는 플래스키를 쳐다보고 웃었다.

「중사, 자네가 경찰에서 사실을 말하지 않은 건 잘한 일이네. 우리도 자네의 정보를 경찰에 넘기지 않을 걸세.」

「그건 나도 알고 있소.」

「자네가 알고 있다구?」

보란은 고개를 끄덕였다.

「그러나 아무 것도 변하지는 않습니다. 알다시피 나는 당신들에게 정보를 팔 생각이었는데 경찰에서 당신들이 누구라는 것을 나에게 알려 주었소. 그래서 생각이 달라졌단 말이오.」

시모어는 순간적으로 플래스키에게 눈을 돌렸다.

「그래, 우리가 어떤 사람들인가?」

「당신들은 마피아요.」

갑자기 시모어의 얼굴에서 미소가 사라졌다. 플래스키 역시 당황한 듯 헛기침을 했고 터린은 손가락으로 테이블을 가볍게 두드렸다.

「우리가 마피아라구?」

「그거야 뻔하지 않소?」

보란이 갑자기 어투를 바꾸어 말했다.

「경찰이 트라이앵글은 마피아일 거라고 말했소. 물론 나도 그렇게 생각하고 있지만.」

「그래서 무슨 게임을 하겠다는 건가, 애송이 군인?」

플래스키가 거칠게 쏘아붙이며 벌떡 일어섰다.

「앉아, 네트. 앉으라구!」

시모어가 플래스키를 말리면서 보란에게로 시선을 돌렸다.

「경찰의 말이 맞다고 하세. 그렇다고 해서 무엇이 달라진다는 건가?」

「나의 값어치가 달라지게 되죠.」

터린이 의자를 들썩거리며 웃었다. 플래스키는 알아들을 수 없는 말을 입 속으로 중얼거렸고, 시모어는 긴 한숨을 쉬고는 한참 후에야 입을 열었다.

「자네는 대단한 수완가이거나 아니면 엄청난 바보일 걸세. 보란, 도대체 자네의 속셈은 뭔가?」

「그것은 말이오……」

보란은 천천히 대답했다.

「나는 그들을 죽인 범인의 얼굴을 기억하고 있소. 그런데 당신들은 나의 정보를 조금도 원하지 않는 것 같단 말이오. 나는 당신들과 입씨름을 하러 온 게 아니오. 그런 이야기가 어떤 줄거리로 얽혀 있는지 나는 알고 있단 말이오. 물론 당신들이 로렌티와 무슨 관계가 있는지 모르지만 당신들이 어떤 때에 어떤 일을 하는지는 잘 알고 있소. 로렌티가 어떻게 되었든간에 내가 알 바 아니오. 나는 다만 내가 함부로 입을 열지 않을 것이라는 것을 당신들이 알아 주었으면 하는 거요. 경찰에서 나는 아무 말도 하지 않았소. 그러니까 내 값어치가 변했다는 거요. 값어치는 제로. 나는 목격한 것이 없기 때문에 아무 말도 하지 않았다는 거요.」

플래스키는 기가 막힌 표정으로 시모어를 바라보며 화가 나서 말했다.

「이 친구 생각은……」

「저 친구 생각은 나도 알고 있네.」

시모어가 플래스키의 말을 가로막으며 미소 짓고 있는 군인의 얼굴을 바라보았다.

「우리들 사이에는 아무 것도 없었다는 거요.」

시모어의 시선을 조용히 받으며 보란은 대답했다.

「신문이 아무리 떠들어 대도 로렌티 일행을 죽인 것은 절대로 조직 안의 사람이 아니야. 자넨 쓸데없는 잔소리로 아까운 시간을 허비하고 있어. 만약 자네가 정말로…….」

「서로 속셈을 터놓고 게임을 하고 싶은데, 어떻소?」

보란이 제의했다.

「자네 카드는 뭐지, 중사?」

시모어가 플래스키를 바라보며 보란에게 물었다.

「나는 일자릴 찾고 있소. 어제 당신네 사람들이 다섯 명이나 죽었으니 자리가 있지 않겠소?」

터린이 부자연스럽게 몸을 움직였다.

「군인이 일자리를 어떻게 구한다는 거지?」

플래스키가 낮은 소리로 물었다.

「나는 12년간 이 군복을 입어 왔소. 그러나 그 동안 한푼도 돈을 벌지 못했소. 지금 내겐 1센트의 돈도 없단 말이오. 그리고 앞으로도 돈을 벌지는 못할 것이오.」

시모어는 표정을 누그러뜨리며 보란에게 물었다.

「자네는 어떤 일을 할 수 있나?」

「총에 관한 일이면 뭐든지!」

「총이라구?」

시모어가 큰 소리로 웃었다.

「자넨 우리가 총으로 일을 하고 있다고 생각하나?」

보란이 그 말을 무시하며 말했다.

「총에 관한 건 뭐든지 할 수 있소. 조립, 개조, 수리, 실탄 제

조. 그리고 사격까지도.」

시모어가 여전히 웃으며 말했다.

「가령 우리가 자네가 생각하고 있는 것 같은 사람들이라 하더라도 자넨 뭔가 잘못 생각하고 있네. 여긴 1920년대의 시카고가 아니야. 70년대의 피츠필드란 말이야.」

보란의 반응을 지켜보며 그는 고개를 가로저었다.

보란은 풀 사이드의 텐트 그늘에 있는 사나이 쪽을 가리키며 말했다.

「저기 있는 녀석은 총을 갖고 있소. 또한 저쪽에 있는 녀석도 마찬가지요. 나는 여기 들어서면서 총을 갖고 있는 자들을 다섯 명이나 발견했소. 저들은 당신의 사설 군대겠죠? 당신에겐 빈자리가 있고 나는 일자리가 필요하오.」

「군대에서는 탈영한 건가?」

지금까지 듣고만 있던 터린이 끼여 들며 물었다.

「ROTC란 곳이 어떤 곳인지 잘 알고 있지 않소, 터린? 그곳은 지루해서 잠이 오는 곳이란 말이오.」

군인이 조용히 말했다.

「거기에 관해 자세히 말해 보게.」

시모어가 흥미 있다는 듯이 말했다.

「군에서 인간적인 배려로 나를 피츠필드의 프랭클린 하이에 있는 ROTC 훈련단으로 전속시켜 주었소. 군인에게는 정말 한가한 곳이오. 학교 선생처럼 숙소를 배정받고 정해진 시간에 근무를 하는 건데 민간인과 다를 게 없는 생활이죠.」

「아무리 한가해도 규칙이 있을 텐데 어떻게 두 가지 일을 한다는 건가?」

보란이 싱긋 웃으며 대답했다.

「나는 정식으로 임명된 교관이 아니기 때문에 할 일이 거의 없을 것이오. 게다가 교관이 남아돌고 있는 형편이오. 말하자면 나는 임시 강사인 셈이니까 기껏해야 총기 취급법 같은 걸 몇 시간 정도 강의하면 될 거요. 그러니까 남는 시간은 많소.」

「도저히 군대라고는 생각되지 않는군.」

터린이 웃는 얼굴로 말했다.

「나도 역시 그렇소. 그러나 그것도 금년 말까지요. 그 후엔 또 전선으로 차출될 것이 분명하오. 그런데 난 동생을 돌봐 주지 않으면 안 되기 때문에 어떻게 해서든지 동생을 위한 대책을 세워야 합니다. 그리고는 다시 현역으로 돌아가든지 아니면 제대하는 수밖에 없을 거요.」

「자네는 굉장히 운이 좋은 것 같군.」

시모어가 보란의 마음을 들여다보듯이 말했다.

「어쨌든 나에게는 어린 동생이 있으니까……」

보란은 그 점을 강조했다.

「게다가 아까도 말했지만 한푼도 저축한 게 없으니 연말에는 제대를 해야 될 것 같소. 그러기 위해서는 일찍부터 사회 생활을 익혀 두는 게 좋지 않겠소? 그리고 당신들에게는 빈자리가 있을 테니까.」

「중사는 지독한 기회주의자로군.」

이렇게 중얼거리면서 시모어는 터린을 쳐다봤다.

「그러고 보니 우리에겐 기회주의자가 필요하겠는데. 그렇지 않은가?」

터린이 얼른 맞장구를 쳤다.

「그래, 그런 자가 우리에게 필요한 것 같군. 그러면 우선 여자
들을 불러오게, 레오. 바도 이리로 옮겨 새로 온 친구를 위해서
환영회를 열자구.」

시모어는 억지로 웃으면서 말했다.

「이게 바로 자네에겐 황금의 기회라는 거네, 중사. 황금을 고
철로 만들지 말게.」

보란은 싱긋 웃으면서 잔을 들어올렸다. 그리고는 단숨에 술
잔을 비웠다. 이제 그는 조직의 일원이 된 것이다. 일단은 부딪
쳐 보는 거다. 누군가가 아까 그녀의 이름이 마리라고 그에게 말
해 줬다. 그녀의 역할은 뻔한 것이다. 그녀는 새 술잔을 그에게
건네 주면서 보란의 무릎에 올라앉아 거의 벗은 몸을 그에게 비
비면서 교태를 부리는 것이었다. 보란의 무릎은 여자가 앉기에
결코 불편하지 않았다.

5
완전한 술책

월트 시모어는 항상 불안을 느껴 왔다. 그가 조직에서 지금의 지위를 이루어 놓기까지의 과정은 그리 순탄하지만은 않았다. 그것은 결코 쉬운 일이 아니었다. 월트 시모어라는 이름이 조반니니 스칼라빈니니 하는 식의 이탈리아 이름이었다면 성공의 길이 그리 험하지는 않았을 것이다. 때로는 네트 플래스키라는 이름조차도 그를 불안스럽게 했다. 그것은 플래스키라는 이름이 보스의 귀에 좋게 들린다는 이유 때문이었다. 시모어가 출신과 혈통에 관계 없이 로렌티를 앞질러 두각을 나타낼 수 있었던 것은 요컨대 로렌티가 결코 큰일을 할 수 없는 소인이기 때문이었다. 사실 로렌티는 월급날에 빚이나 받으러 다니는 고리 대금업자나 하면 꼭 어울릴 그런 사내였다. 시모어는 트라이앵글이 하는 일을 결코 좋아하지 않았다. 특히 그 중에서도 마음에 들지 않는 것은 로렌티가 지나치게 노골적으로 얘기하는 것이었다.

막대한 돈을 불법으로 끌어들이는 창구로서 트라이앵글이 하는 일처럼 쉬운 장사는 없었다. 그리고 시모어는 그것이 합법적으로 경영되고 있는 한 불만은 없었다. 그러나 로렌티로 인하여 트라이앵글은 야비한 수법을 일삼는 폭력 회사가 되어 버렸다. 물론 트라이앵글의 운영권은 로렌티에게 있었지만 그는 단순한 고리 대금업자의 머리밖에는 가지고 있지 않았던 것이다. 로렌티는 이탈리아에서 이민 온 자였다. 그래서 나이 많은 보스들이 그를 좋아하고 지켜 주었다. 로렌티와 조직의 관계는 몇 세대 전까지 거슬러 올라간다. 그것은 아마 그들의 조상이 시실리에 살고 있었던 시대까지 거슬러 올라갈지도 모른다.

그런 까닭에 시모어는 로렌티의 죽음을 은근히 기뻐하고 있었다. 그것은 결코 개인적인 관점에서가 아니라 사업적인 전망에서 볼 때도 그렇다고 그는 생각했다. 로렌티나 로렌티와 같은 류의 인간들은 조직에게 해가 된다. 그래서 시모어는 로렌티의 죽음을 내심 기뻐하고 있었다. 그러나 동시에 그는 그들의 죽음에 대해 불안을 느끼고 있었다. 도대체 누가 로렌티와 그의 일당을 죽였을까? 뭣 때문에?

시모어는 사실주의자였다. 그는 피츠필드 조직의 보스가 자신을 진심으로 받아들인 적이 결코 없었다는 것을 알고 있었다. 자신이 10년 동안이나 견습 대원으로 있어야 했던 이유를 충분히 알고 있었다. 그런데 보란이라는 사나이가 나타나 이번 사건은 조직 내부의 세력 싸움이며 신문이나 경찰도 그렇게 믿고 있다고 말한 것이다. 만약 조직의 보스 역시 그렇게 생각하고 있다면 그들은 시모어와 로렌티의 공공연한 반목을 어떻게 받아들일 것인가?

사실 월트 시모어는 불안을 느꼈다. 그는 몇 가지 불안의 요소를 갖고 있었다. 좀 전의 보란이라는 그 군인도 그를 불안하게 했다. 그에 대한 조사는 이미 충분히 되어 있었으며 놈이 진짜라는 것도 잘 알고 있었다. 그러나 시모어는 맥 보란을 절대적으로 신용하지는 않았다. 아니 적어도 현재로서는 그를 너무 신용해서는 안 된다고 생각했다. 한순간이라도 방심해서는 안 된다. 너무 많은 인간, 너무나도 말이 많은 인간들이 조직에 지나치게 관심을 갖고 있다. 연방 정부의 위원회, 사법부, 재무부 등이 모두 혈안이 되어 조직을 감시하고 틈만 있으면 덮치려고 하는 것이다. 월트 시모어는 맥 보란이 무슨 목적으로 조직에 나타났는지를 곰곰이 생각해 보았다. 그는 여러 각도에서 맥 보란의 정체에 대해 조사를 해봤다. 관할 경찰이나 조직의 상부에서도 보란의 정체를 탐색하고 있었다. 다른 조직에서도 범인을 찾고 있었으나 범행 동기조차 알아내지 못하고 있었다. 월트 시모어는 맥 보란에 대해 상당한 불안을 느꼈다. 무언가가 켕기는 것이 있어 그를 마음놓고 이용할 마음이 들지 않았다. 이제 그에게 남은 유일한 방법은 그를 철저히 감시하는 것이다. 놈을 감시하기 위해서는 조직에 고용해 두는 것이 가장 좋을 것이다. 그리고는 놈의 정체가 드러나길 기다리는 것이다. 어쩌면 놈은 누군가의 첩자일지도 모른다. 혹은 보스의 끄나풀인지도. 그러나 만약 놈이 첩자가 아니라면 잘만 이용하면 그의 재산이 될지도 모른다고 시모어는 생각했다. 그렇다면 레오 터린이 시모어에게는 문젯거리다. 터린은 머리가 영리하며 남에게 호감을 주는 야심가이다. 그러니까 터린은 시모어에게 있어서는 위험 인물이었다. 보란과 터린을 함께 있게 하자. 만약 보란이 첩자라면 그 불똥은 당연히 터린에게로 튈 것이 틀림없다.

이거야말로 완전한 술책이다!

「첫째로 자네가 명심해야 할 것은⋯⋯.」

터린이 보란에게 말했다.

「사령관은 바로 나라는 점이야. 자네 스스로 자네를 일등 상사라고 생각하고 있다면 그것은 자유지만 내가 지휘관이라는 것을 잊지 말게. 둘째로 우리는 〈마피아〉라는 말을 절대로 사용하지 않아. 대신 〈조직〉이라고 부르지. 자네는 조직을 위해 일하고, 조직은 자네를 지켜 준다. 이것이 조직의 율법이야. 그러나 자네는 멤버가 아니야. 앞으로도 멤버는 될 수 없어. 자네의 피는 멤버가 될 수 있는 혈통이 아니란 말이야. 사실 시모어도 멤버는 아니지.」

「무슨 차이가 있소?」

보란은 그 이유를 알고 싶었다.

그들은 터린의 차에 타고 있었는데 연노랑색의 컨버터블이었다.

「그거야 대단한 차이지.」

터린이 담배를 찾자 보란이 팔말을 내밀었다.

「조직은 수세기 전에 시실리에서 시작되었지. 바로 내가 태어난 곳이야. 로빈 후드와 비슷한 얘기지만 다른 점은 조직은 옛날 이야기가 아닌 진짜라는 거지. 자넨 잘 모르겠지만 마피아는 아주 순수한 정신에서 생겨났어. 진실한 민주주의, 즉 약자를 위한 민주주의야. 그것은 분명히 로빈 후드보다 훨씬 높은 이상을 갖고 있는 대중을 위한 민주주의지.」

「그래, 그런 건 잘 몰랐는데.」

보란이 고개를 끄덕였다.

「자넨 잘 모르겠지만 마피아란 말은 마태 복음의 마태에서 생긴 말이야. 마태는 〈용기〉, 〈담력〉을 뜻하지. 조직은 반체제를 주장했기 때문에 비밀 조직으로 움직일 수밖에 없었어. 당시는 전제 군주 제도라서 재산을 모두 귀족이나 관료들끼리만 나누어 가졌지. 그때의 법은 부자는 부자인 그대로 가난한 자는 가난한 대로 살게 돼 있었어. 자네도 알다시피 법이란 본래 그렇게 만들어져 있는 거라네. 어디나 다 그래. 이탈리아나 시실리만이 그런 게 아니라 어느 나라든 법은 부자들을 보호하기 위해 만들어진 거야. 결국 용기 있는 사람들이 모여 저항 운동을 시작했어. 그래서 조직된 것이 마피아야.」

「히피들처럼 말이오?」

보란이 빈정거리며 말했다.

「뭐라구?」

「옛날 이탈리아의 히피들.」

보란이 싱글거리며 말했다.

「그들이 시위할 때 뭐라고 소리쳤는지 아시오? 〈모든 자에게 피자를 주라〉고 했던가?」

터린이 얼굴을 찌푸렸다.

「난 자네의 유머 감각을 좋아하지 않네. 난 진지하게 말하는 거야. 어쨌든 마피아는 매우 민주적인 이론을 갖고 있어.」

「좋소, 나도 진지하게 말하겠소. 그러면 그 도덕이란 건 어떻게 되었소, 레오? 100년 전의 이탈리아건 시실리건, 어디건간에 도덕까지 타락하지는 않았겠지? 그런 것은 나도 알고 있소. 그러나 이 나라에 민주주의라는 게 있소. 법치 민주주의 말이오.」

터린이 야비하게 웃었다.

「잘난 체하지 말아. 그건 그렇게 쉽게 변하는 게 아니야. 지금도 부자는 더욱 부자가 되고 가난한 자들은 점점 더 가난해지고 있네. 그렇기 때문에 용기와 담력 있는 자들의 모임이 있는 거야.」

「내 말을 오해하지 마시오. 나는 조직을 비난하는 게 아니오. 지금은 나도 조직의 일원이지 않소? 나는 다만 사실을 사실 그대로 보려 했을 뿐이오.」

「그렇다면 있는 그대로 보게. 자네는 자네 앞으로 단 한푼의 저축도 없다고 말했네. 자네가 월남에서 목숨을 걸고 싸운 것도 다 그 부자나라들을 지켜 주기 위한 것이었지. 그렇지 않은가, 중사? 시모어가 자네는 주급 250달러로부터 시작하자고 말했잖은가? 어때, 이것이 가난한 사람이 더욱 가난해지는 것이라고 보나?」

중사가 싱긋 웃으며 말했다.

「나를 보란이라고만 불러 주시오, 사령관.」

터린이 다정한 시선으로 그를 바라보았다.

「맹세코 자네와 난 잘해 나갈 것일세, 중사. 모든 것이 잘될 거라구.」

「당신의 임무는 뭐요, 레오?」

「여자들이지.」

터린이 기분 좋게 웃으며 말했다.

「여자들이라구?」

보란의 그의 말을 되받아 소리쳤다.

「여자들, 모든 종류의 여자들이지. 호스티스 걸, 파티 걸, 콜 걸, 하우스 걸, 스트리트 걸. 주문만 하면 남자들의 주머니 사정에 맞춰 알맞는 여자들을 붙여 주는 거야.」

「그 여자들도 모두 용감하고 담력 있는 여자들이오?」

이렇게 물으면서 보란은 혀가 굳어지는 것을 느꼈다.

「물론이지. 자네가 조직을 위해 일하고 조직이 자네를 지켜 주는 것처럼 우리는 서로의 재산을 늘려 주지.」

보란은 푹신한 소파에 기댄 채 눈을 감았다.

「그렇군, 그것도 일리가 있는 말이야.」

그가 낮은 목소리로 중얼거렸다. 그는 또 하나의 다른 보란을 생각하고 있었다. 그의 누이동생 신디는 그 용감한 자들 속에서 어떻게 용감했었을까?

6
감시자

보란은 터린이 말하는 〈여자 감시〉의 일을 맡게 되었다. 그는 고급 양복과 32구경의 권총, 그리고 권총의 소지 허가증 및 속사에 편리하게 만들어진 숄더 홀스터도 받았다. 양복이나 무기의 대금은 앞으로 받을 그의 수입에서 지불하기로 했다. 권총의 소지 허가증은 보란으로서는 상상도 할 수 없는 비밀 루트를 통해 그의 손에 들어왔다.

「이것은 합법적인 거야.」

터린이 으쓱거리며 말했다.

「입수한 경로는 일반적인 방법이 아니지만 그 자체는 합법적이야. 그래서 만약 권총 소지에 관한 문제가 생길 경우에는 이 허가증이 해결해 주지. 정식으로 등록도 되어 있는 것이니 걱정할 필요는 조금도 없어. 그런 것은 조직이 다 알아서 해주지. 조직 안에 있으면 누구나 안전하거든.」

터린의 표면상의 직업은 〈에스코트 언리미티드〉라는 여성 알선 회사였다. 회사는 깨끗하였고 건물 자체가 매우 당당하였기에 사람들을 믿게 만들었다. 그리고 그 건물의 사교장은 모든 면에서 취미의 고상함을 나타내고 있었다.

터린은 정규 훈련을 받은 프로그래머를 고용하여 컴퓨터를 이용한 여성 알선 서비스업을 하고 있었다.

「이 장사로 큰돈이 들어오는 건 아니야.」

그가 보란에게 솔직히 털어놓았다. 보란은 듣기만 했다.

「종업원의 급료나 회사의 경비를 대는 정도지. 저기 저 컴퓨터는 저당이 돼 있어. 그리고 이 회사는 자유 기업의 위대한 기수인 트라이앵글 인더스트리얼 파이넌스에서 융자를 받고 있다네.」

보란의 공식적인 직위는 보안계장이었다. 그는 〈에스코트 언리미티드〉의 정식 사원으로 등록되어 주급 250달러를 받게 되었으며 거기에서 보험료료와 소득세가 공제되었다.

「원한다면 가불로 채권 저축을 해도 좋아. 국채라도 사보는 게 어때?」

잠시 침묵이 흐른 후 터린이 말을 이었다.

「그러나 규정대로 공제되는 몫에 대해서는 걱정 말게. 적당히 메꾸어줄 테니까. 자네의 경비는 따로 주겠네. 그것은 세금이 안 붙는 거지. 그리고 돈이 궁하진 않을 거야. 어느 면으로 보나 우리는 합법적인 장사를 하고 있으니까.」

그의 말대로 외부에서 보면 합법적으로 운영되고 있는 것 같았다. 시내와 교외 일원의 매춘 조직은 모두 터린의 컴퓨터에 등록되어 있었다. 사소한 부주의나 유도 수사에 의해 안전이 위협

받는 일이 없도록 매춘 조직은 모두 코드화되어 컴퓨터에 등록되어 있는 것이다. 예를 들면 매춘업을 하고 있는 조직은 〈예약 이외에는 소개 불가〉라는 항목으로 등록되어 있었다. 그리고 그러한 특정 데이터를 위한 프로그램의 견출이나 분류의 지시, 데이터의 인출 같은 것에는 모두 비밀 부호가 사용되고 있었다.

「모든 것이 기계화야.」

터린이 보란에게 설명했다.

「그렇지 않겠어? 기계는 틀림없거든. 자네는 이 회사의 영업 규모를 상상도 할 수 없을 걸세. 이 회사의 루트로 수백 명의 여자들이 일하고 있지. 그것을 전부 머릿속에 넣어둘 수 있겠나, 아니면 비밀 장부라도 만들어 놓겠나. 만일 수색을 당하게 되면 나는 다만 저 컴퓨터의 버튼만 누르면 되는거야. 그러면 감쪽같이 위험한 기록은 없어지고 합법적인 것만 남게 되거든. 이렇게 편리한 기계가 또 어디 있겠나, 중사? 이것이 바로 진보라는 거네. 나와 내 프로그래머를 제외하고는 아무도 영업에 대해서 아는 게 없네. 그 녀석들의 지혜도 이 기계와는 상대가 안 돼. 그들에게는 틀림없이 건실하고 좋은 직장이지. 가령 어느 남자가 전화를 걸어 나는 에이스 인더스트리스에 근무하는 존 스미스라는 사람인데 아가씨가 필요하니 몇 명만 보내 주시오 하고 주문을 해왔다고 가정해 보세. 만일 그 남자가 확실한 사람이라면 이야기는 그것으로 끝이야. 주문을 받은 담당 직원이 버튼만 누르면 아가씨의 이름과 전화 번호가 타이핑되어 나오게 되지. 담당 직원은 그 리스트에 따라 전화만 걸면 되는 거야. 설사 일이 잘못되어 주문받은 아가씨가 증언대에 서게 되더라도 성경에 대고 증언할 거야. 컴퓨터의 자유 선택에 의해 소개됐을 뿐이라고 말이야. 어떤가? 이것은 깨끗한 장사야. 또한 여자 쪽에서도 위험한 일이 일어나는 일이 없도록 미리 대비해 두고 있지. 만약 여자가 엉뚱한 짓을 하거나 재수없게 걸려들면 그 여자와 연락을 끊어 버리면 되지.」

「그렇다면 여자들은 정말 안전하다고는 말할 수 없잖소?」

보란이 물었다.

「천만에. 어떤 여자가 감방에 갈 것 같으면 변호사를 사주는 거야. 보석금을 전액이나 일부분 빌려 주고 변호사의 비용도 대준다구. 조직을 배반하는 여자가 아닌 이상 조직은 여자들을 보호해 주지. 여자들은 조직을 위해 일하고, 조직은 여자들을 보호해 준다 이거야! 이건 여자에만 한한 것은 아니야. 조직의 일원은 모두 보호받고 있다네. 여자가 풀려 나오면 장소를 바꾸어 다른 이름으로 컴퓨터에 등록해 주지. 자! 이것으로 내 이야기는 끝났어. 이제 자네도 우리의 조직이 얼마나 안전한지 알겠지? 다시 말하면 우리는 무슨 일이 있어도 합법적이며 걸려 들어가는 일은 없다는 거야.」

터린과 프로그래머 이외에도 회사에는 조직의 사람이 다섯 명이나 있었다. 그 다섯 사람은 영업부장이라는 직함으로 외근을 하고 있었다. 직위는 그럴 듯했으나 실제의 임무는 뚜쟁이였다. 그들이 접촉하는 상대는 대기업이나 각계의 명사, 정계의 거물과 같은 상류층 인사들이었다.

「그 녀석들은 머리가 잘 돌아간단 말이야. 거의 모두가 나보다 교육 수준이 높지. 그들은 어디에 내놓아도 빠지지 않아. 실제로 높은 인간들과 교제하지 않으면 장사도 되지 않아. 그 녀석들은 직접 여자들과 얘기하는 법이 없어. 함께 있어도 심지어는 같이 잠을 자도 말이야. 그 녀석들의 얼굴을 알고 있는 여자는 하나도 없어. 그리고 외근을 하는 친구들은 수당제로 일하고 있어. 그래서 능률도 더 오르고 있지. 녀석들은 스트리트 걸이나 하우스 걸과는 잘 접촉하지 않아. 파티 걸이나 콜 걸과도 얼굴을 마주치지는 않지. 어느 모로 보아도 우리는 아주 안전하다구.」

「그런 식으로 운용하고 있다면 당신도 그런 여자들과 만나지는 않겠군요.」

보란이 말했다.

터린은 눈을 찡긋하며 알겠다는 듯이 미소 지었다.

「걱정하지 말게, 중사. 자네가 원하기만 한다면 여자는 얼마든지 있네.」

터린이 웃으며 말을 이었다.

「나도 그럴 필요를 느꼈을 때는 개인적인 접촉을 하지. 수입이 랭킹 상위인 여자들과는 잘 접촉하지 않지만. 그러니까…….」

그는 진지한 얼굴이 되었다.

「때로는 개인적인 접촉이 필요할 때도 있어. 새로 들어온 여자를 지도해 줘야 하니까. 그렇지만 나는 아내와 세 아이가 있어. 그러니 매일 창녀와 잘 수는 없지 않겠나?」

터린이 웃으며 말했다. 보란은 팔꿈치로 상대방의 가슴을 찔렀다.

「아무리 그래도 당신의 수첩 속에는 좋은 여자가 한 다스는 들어 있을걸?」

「아니, 나는…….」

터린은 정색을 했다가 갑자기 싱글거리기 시작했다.

「인간이란 의지를 잃게 되면 끝장이야. 사물을 올바로 평가할 수 없게 되거나 혹은 어떤 것에 빠지게 되면 정말 끝나 버리는 거야. 내가 개인적으로 여자와 접촉하는 것은 말야. 예를 들면 다른 조직에서 맡겨지는 여자가 있잖나? 그럴 때는 특별히 신경을 써야 하거든. 특별한 경우니까. 때때로 아직 햇병아리 여자를 장사에 익숙해지도록 잘 봐주는 일도 있지. 무슨 뜻인지 알겠나?」

보란은 그의 말뜻을 잘 알고 있었다.

「다시 말하면 여자들과 감정적인 관계에 빠져서는 안 된다는 말일세.」

보란이 고개를 끄덕였다.

「그리고 한 번의 서비스로 50달러나 100달러씩 버는 여자들도 있지. 그들은 자신이 황금의 물건이라도 가진 것처럼 생각하고 있거든. 나는 그런 것들을 좋아하지 않아. 여자와 자고 싶은 생각이 들면 내가 따로 갖고 있는 창녀집으로 가지.」

「그런 곳도 있소?」

「오, 물론 있고말고. 실제로 나는 그곳에 더 신경을 쓰고 있네.」

터린이 빙그레 웃으며 말했다.

「컴퓨터보다 훨씬 낫지. 나는 그곳을 더 좋아한다네. 거기는 장사하는 방법이 전혀 다르지. 각각의 창녀집에 포주가 있어서 포주가 영업하는 것으로 되어 있어. 조직은 포주에게 여자를 맡기고 포주에게는 비율제로 돈을 주고 조직이 나머지 돈을 거둬 들이는 거지.」

「굉장히 큰 사업 같은데요?」

「얼마나 광범위한지는 곧 알게 돼. 사령관의 지시 사항을 잘

듣는다면 말이야. 우리는 새로운 여자를 찾아내는 것만을 직업
으로 삼고 있는 포주를 열 명도 더 갖고 있어. 그들이 어떤 곳에
서 여자를 데려올 거라고 생각하나?」

그가 눈썹을 치켜 올리며 말을 이었다.

「대학 캠퍼스, 공장, 회사, 교외의 주택지…… 지난 달에는 신
혼 여행에서 갓 돌아왔다는 신부도 데리고 왔었어. 모델, 여배우
―― 일류가 아닌 여배우로서 시간제로 돈을 버는 거야. 여자들
에게는 반드시 얼마간의 창녀 기질이 있거든. 콜 걸은 시간제 예
약자가 밀리고 있는 정도니까. 그 중에는 양갓집 딸들도 들어 있
어. 양갓집 딸이라고 해서 그 짓을 잠깐 해서 돈을 번 뒤 그만둘
정도로 순진하지만도 않아.」

터린이 진지하게 이야기했다.

「우리의 이 사업이 얼마만한 규모로 운영되고 있는지 자네가
안다면 자네는 아마 놀라서 기절할 걸세. 그런데 자네가 꼭 알아
두어야 할 일이 있네. 이 도시에서 우리의 경쟁 상대는 없어. 그
것은 여기뿐 아니라 어디라도 마찬가지야. 지금 자네가 있는 곳
에서 50마일쯤 떨어진 곳에서 한 여자가 장사를 하고 있다고 할
때 그 여자는 조직을 위해서 일하고 있는 거야. 알겠나, 보란?」

「그 정도는 이해하고 있소.」

맥 보란이 무뚝뚝하게 말했다.

「그리고 우리는 아마추어가 개인적으로 장사하는 것을 묵인하
지 않아. 그들을 우리 편에 흡수시켜 장사를 하게 하든가 아니면
그 장사에서 완전히 손을 떼게 하는 거야. 왜냐하면 그런 아마추
어들 때문에 여론도 나쁘거니와 조직이 들러날 염려가 있기 때
문에 절대로 묵인해 줄 수는 없는 걸세. 그러나 아마추어들을 때

려부수고 다니는 짓 같은 것은 아무도 하지 않아. 그 점을 잘 알아 두고 또 나라는 인간에 대해서도 잘 알아 두게나. 나는 예일이나 하버드 같은 명문 출신은 아니야. 다만 사업가일 뿐이지. 장사는 내가 지시하겠어, 알겠나? 모든 면에서 말이야. 내 앞에서 누구라도 건방지게 구는 건 용서할 수 없어. 사람이 좋아 보인다 해서 그것으로 나를 얕본다면 큰일날 걸세. 이 점을 잘 기억해 두게. 더군다나 내가 마음에 들어 한다고 해서 자네가 건방지게 구는 것을 용서해 주리라고는 생각지 말게.」

「알겠소.」

「좋아. 그리고 또 하나. 아까도 말했듯이 아마추어의 장사를 없애거나 사기꾼 녀석들을 때려부수는 것보다는 세상의 요구에 따라 열심히 여자를 소개해 주는 것이 훨씬 이익이야. 컴퓨터에 등록되어 있는 단골에는 일류 호텔이나 모텔, 고급 클럽, 레스토랑과 같은 곳의 이름이 줄지어 있으며 대체로 그런 주문은 컴퓨터로 처리하고 있어. 그 밖에 우리는 프리랜서 여자들도 쓰고 있지. 우리는 그런 여자들을 필드 걸이라고 부르지. 이건 완전히 자유 계약을 의미하는데 그 중에는 자기의 아파트를 거점으로 해서 장사하는 여자들도 있네. 그네들은 매상을 속이거나 하지는 않기 때문에 우리는 그들을 대체로 믿고 있네. 가끔 불시에 조사를 하긴 하지만 근본적으로 그들의 명예를 생각해서 자유롭게 놔두고 있다네. 하지만 자유 계약자라도 역시 조직의 여자들이야. 알겠나?」

「알겠소.」

보란이 힘있게 대꾸했다.

「우리는 여자들을 잘 대해 주지. 그들이 조직을 위해 열심히 일하고 있는 한 절대로 거칠게 다루지는 않아. 그들이 원하기만 하면 나갈 수도 있어. 그러나 한번 나간 여자는 다시는 돌아올 수 없지. 그들은 그걸 잘 알고 있어. 여자들은 그들 자신을 위해 일하고 있는 거야. 그것 역시 그들은 잘 알고 있지. 필드 걸은 자기가 직접 교제도 하지만 나머지 여자들은 소개에서 연락까지 모두 조직에서 해준다네. 조직에서 일하고 있는 한 그들은 안전하고 보수도 충분히 받고 있거든. 아까 자네에게 말했듯이 우리는 대담하고 용감한 사람들을 위해 민주주의를 실천하고 있는 거라네.」

「아, 기억하고 있소.」

보란이 말했다.

「좋아, 가자구! 여자들이 있는 집을 하나 보여줄 테니까.」

「나는 〈여자 감시〉라는 것이 언제 시작되는가를 생각하고 있는 중이오.」

라고 보란이 말했다.

「〈여자 감시〉가 어떤 것인가를 자넨 아직 모르고 있어. 자, 가볼까? 지금부터 가는 곳은 피츠필드에서는 최고의 여자들을 모아둔 곳이지. 말해 두겠는데 눈을 똑똑히 뜨고 있게. 그러나 절대 손을 대면 안 되네. 명심하게. 눈은 뜨고 있되 손은 절대로 대지 말 것!」

피츠필드 일가의 간부는 유쾌한 듯이 말했다.

7
목석 같은 사내

그곳은 교외에 있는 커다란 저택이었다. 밖에서 보아서는 아무런 특색도 없었고 그다지 화려하지도 않았다. 그 집은 가로수를 따라 제각기 마음대로 지은 주택들이 줄지어 서 있는 한산한 거리의 한 모퉁이에 자리잡고 있었다. 철문은 열려져 있었는데 그 안으로 아스팔트 길이 곧게 이어져 있었다. 앞뜰의 잔디가 깔린 화단에서 정원사가 꽃을 손질하고 있었다.

여러 종류의 정원수가 뜰의 경치를 조화롭게 이루면서 건물을 둘러싸서 거리로부터의 시야를 가리고 있었다. 6피트의 철책이 뜰 바깥 담을 높게 둘러싸고 있어 저택은 외부와 격리되어 있었다. 정면에 자동차가 들어가는 입구 이외에 다른 문은 없었다. 보란은 고개를 뒤로 돌려 정원사를 유심히 보았다. 정원사치고는 나이가 젊었으며 지나칠 정도로 주위를 살피고 있었다. 게다가 저택의 입구에 너무 가까이 자리잡고 있었다. 그는 정원사를 가장한 경비원임이 분명했다.

터린은 아스팔트 길을 가로질러 뻗어 있는 노면의 불룩 솟은 곳에 컨버터블의 앞바퀴를 얹고 약 5초간 멈춰선 후 크게 원을 그린 아스팔트 길을 따라 건물을 향해 빠른 속도로 달려갔다.

「우린 매사에 조심하고 있다네.」

그가 작은 소리로 말했다.

「저 불룩 솟은 곳에 압력식 스위치가 묻혀 있어. 항상 그곳에서 5초 동안 멈춰 서기로 돼 있지. 그렇지 않으면 저 안에 있는 친구들이 당황하게 되지.」

터린은 머리로 그의 눈앞에 우뚝 솟아 있는 흰 페이트 칠을 한 건물을 가리켰다.

「우리는 여기를 파인 체스터라고 부르고 있어. 개인의 클럽이라는 명목으로 규정된 수속을 밟아 전세를 얻었지.」

「훌륭한데! 그런데 아무도 없는 것처럼 조용하군.」

보란이 주위를 둘러보며 말했다.

「아직 일러. 낮에는 거의 장사를 하지 않기 때문에 여자들은 대개 오후 늦게까지 자고 있어. 혹은 일광욕이나 수영 따위를 하기도 하지만…….」

터린은 보란이 눈썹을 치켜 올리는 것을 바라보며 이렇게 덧붙였다.

「아, 이 뒤로 돌아가면 풀이 있는데 아주 훌륭해. 이곳은 창녀집 중에서도 아주 고급에 속하지. 나는 여기가 아주 좋아. 여기 있는 여자들은 모두 내게 잘해 주며 그들도 모두 여기 있고 싶어 하네. 여기야말로 그들에게는 천국이지.」

보란이 동의하듯이 고개를 끄덕였다. 그들은 두 개의 테니스코트와 골프 연습용의 잔디밭을 지났다.

「여자는 몇 명이나 있소?」

보란이 궁금한 듯 물었다.

「침실의 수는 스물두 개야.」

터린이 자랑스럽게 대답했다.

「때로는 여자가 그보다 많을 때도 있네. 그럴 땐 교대로 쉬게 하는 거야. 방은 최대한으로 활용하게 되는 거라네. 자네도 알겠지만 난 장사에는 철저하니까 말야.」

그는 보란을 흘끗 쳐다보았다.

「여기는 회원제로 되어 있어. 아까 말한 것처럼 여긴 명목상 클럽이거든. 장사도 클럽 식으로 하는 거지. 멤버가 되어 회비를 내는 것은 침실에 들어가기 위한 거야. 풀을 사용하거나 그 주위에서 노는 데는 별도로 돈을 받지 않아. 그리고 여기서 우린 가끔 파티를 여는데 초대장을 받은 사람들만 참석할 수 있어. 초대장을 받기 위해서는 목돈이 필요해. 그러나 그 파티의 초대를 기다리는 멤버들이 줄을 서 있지.」

터린은 차고에다 자동차를 넣었다. 그리고는 엔진을 끄고 보란을 쳐다보며 여유 있게 웃었다.

「초대 손님의 리스트에는 기네트시의 창시 회원이 반수는 올려져 있고 나머지도 리스트에 이름을 올리려고 아주 열심이야.」

그는 유쾌하다는 듯이 덧붙였다.

두 사람은 건물의 옆으로 나 있는 입구를 통해 안으로 들어갔다. 그곳은 넓은 홀로서 고급스러워 보이는 아주 푹신한 카펫이 깔려 있었다.

「저쪽은 도서실이야.」

홀의 중앙으로 가면서 터린이 가볍게 벽을 두들기며 계속해서 말했다.

「상당히 좋은 방이지만 소용없는 장소야. 2000권이 넘는 책이 먼지만 뒤집어쓴 채 잠자고 있지.」

그들은 돔식 천장에 커다란 샹들리에가 두 개 달려 있고, 우아하고 세련된 가구가 있는 방으로 들어갔다. 긴 의자와 푹신한 쿠션이 놓인 의자가 셋, 혹은 네 개가 한 세트로 여기저기 놓여 있었다. 그리고 그것들에는 작은 사이드 테이블, 재떨이, 그리고 작은 액세서리들이 딸려 있었다.

「여기가 클럽 룸이야.」

터린이 말했다.

「이곳은 우리가 꽤 신경을 써서 꾸몄는데 워낙 넓은 방이라 쉽지 않았어.」

이렇게 말하면서 터린은 곁에 늘어져 있는 곱게 엮은 끈을 잡아당겼다. 그러자 조용한 저택의 어딘가에서 차임벨 소리가 은은히 울리더니 불타는 듯한 붉은 머리를 여왕처럼 높게 빗어 올린, 얼굴 윤곽이 뚜렷한 여자가 큰 걸음으로 걸어 들어왔다. 그녀는 다정히 웃고 있었다.

「다링, 레오!」

그녀가 기뻐서 소리쳤다. 그녀는 그에게로 달려가 그를 힘껏 껴안았다. 그리고는 곧 몸을 떼내며 애정 어린 눈빛으로 터린을 바라보았다. 보란은 여자의 키가 터린보다 머리의 절반 정도는 더 큰 것을 보고는 그녀가 얼마나 높은 하이 힐을 신고 있을까 하고 생각했다. 그리고 그 여자의 키는 터린과 같을 것이라는 결론을 내렸다. 여자는 몸에 꼭 붙는 실크 바지를 입고 있었는데 그것은 그녀의 육감적인 몸매를 여실히 드러내 보이고 있었다. 그녀의 실크 재킷의 늘어진 소매 속으론 보드라운 살결이 들여다보였으며 그녀의 부푼 가슴에는 단 하나의 끈만이 느슨하게 매어져 있었다. 그 사이로 보이는 여자의 터질 듯한 우윳빛 유방이 보란을 자극시켰다. 그는 시선을 똑바로 둘 수가 없었다.

빨간 머리의 여자는 터린이 보란을 소개할 때까지 보란의 존재를 완전히 묵살해 버리고 있었다.

「우리의 유능한 신입 사원을 소개하지, 리다.」

터린이 말했다.

「맥 보란이야. 이쪽은 리다 데비시.」

빨간 머리의 여자는 그제서야 보란에게로 눈을 돌렸다. 그 순간 그녀의 눈 속에서 관심의 빛이 번득였다. 그녀는 잠시 그를 흘끗 쳐다보았을 뿐이었으나 보란은 자기의 뱃속까지 그녀에게 다 들여다보인 것처럼 몸이 굳어졌다.

「안녕하세요, 맥! 공기가 어때요?」

「따뜻한데.」

보란이 웃으며 말했다.

「어머, 저는 이곳의 분위기를 말하고 있는 거예요.」

여자가 진지한 얼굴로 말을 이었다.

「당신이 낯익게 되면 좀더 친하게 지내고 싶어요.」

보란은 그녀의 말을 어떻게 받아들여야 할지 몰라 잠시 어리둥절했으나 이 친절한 말의 뜻을 알 것 같기도 했다. 그는 아주 잠깐 동안 이 여자와 터린은 어떤 사이일까를 생각해 보았다.

「그렇게 되는 건 자네가 완전히 딴 사람이 됐을 때야.」

터린은 보란의 상상을 단절시키려는 듯 재빨리 그녀의 말에 응수했다.

「매우 기다려지는데.」

보란은 그녀의 보랏빛 눈을 다정하게 바라보면서 말했다. 그는 등줄기가 근질근질해지는 것을 느꼈다. 이런 여자가 오래 전부터 이런 직업을 갖고 있으리라는 것을 맥 보란은 상상도 하지 못했었다.

「하지만 기다리지 않으면 안 되네.」

터린이 웃으면서 말했다.

「아까 내가 한 말을 잊지 말게. 눈을 크게 뜨고 있어. 손은 대지 말구.」

그는 보란의 귀에 얼굴을 가까이 대고 말했다.

「알겠나, 중사? 리다와 나는 할 이야기가 있어. 자네는 이곳에 있게. 꼼짝 말고 여기 있으라구. 알겠나?」

보란이 진지하게 고개를 끄덕였다.

「꼼짝 않고 있겠소, 사령관!」

보란의 태도에 만족했는지 터린은 한쪽 눈을 찡긋해 보이며 보란의 어깨를 툭툭 쳤다.

「우리가 자네를 알게 된 건 정말 행운이야, 중사!」

그는 이렇게 다정하게 말하고 빨간 머리의 여자와 아치형의 출구로 나가 계단을 올라갔다. 그들은 서로 딱 붙어서서 얼굴을 맞대고 소곤댔다. 터린의 말을 듣고 여자는 못 참겠다는 듯이 깔깔거렸다. 보란은 그 두 사람이 사라지자 어깨를 한 번 으쓱하고는 넓은 방 안을 어슬렁거리면서 벽에 걸린 그림들을 훑어보았다. 여기저기 걸려 있는 누드 습작은 누구를 모델로 한 것일까? 모델이 역시 파인 체스터의 여자라면 창부의 세계에도 자기가

여지껏 생각해 보지 않았던 대단한 면이 있을 것이라고 보란은
생각했다. 지금 보란이 서 있는 클럽의 방은 더없이 사치스러웠
다. 동물적인 쾌락을 즐기기 위한 침실도 마찬가지로 사치스러
울 것이다. 이 건물의 여러 곳에 놓여 있는 이렇게 고급스러운
가구들로 보아 틀림없을 것이었다.

　돈이 남아 돌아가는 미국 상류 사회의 남자가 이곳에서 하룻
밤의 쾌락을 즐기기 위해 얼마나 많은 돈을 뿌려야 하는 것일
까? 보란은 시실리의 〈마태〉 즉 대담하고 용감한 농민이 이처럼
웅장한 〈여자들의 성〉을 자기 것으로 만들기까지 노력하여 뻗쳐
올라왔을 때의 만족감을 상상할 수 있을 것 같았다. 그리고 그
시실리인은 자기 재산의 불과 일부분에 지나지 않는 그 성을 깨
끗이 다음 사람에게 양도하고, 그것을 양도받은 사나이는 지금
에는 교외에 있는 저택에 들어앉아 백만 장자의 안락에 묻혀 살
고 있는 것이다. 보란은 생각에서 깨어나 제정신으로 돌아왔다.
그리고 자신에게 말했다. 터린은 건달이다. 단순히 건달일 뿐이
다. 티끌만큼의 양심도 갖고 있지 않는 나쁜 놈인 것이다. 그는
어린 소녀들을 강제로 창녀로 만들어 놓거나 열심히 일하여 검
소하게 살아가는 사나이들을 거친 폭력의 무리 속으로 몰아넣는
악한인 것이다.

　그런 생각들을 하고 있는데 갑자기 금발의 여인이 나타났다.
그녀의 갑작스런 출현으로 보란은 넋이 나간 듯이 보였다. 여자
는 리다와 마찬가지로 풍만한 몸매를 가졌으며, 온몸에서 넘치
는 듯한 젊음과 정열을 발산하고 있었다. 금발 머리의 여인은 눈
부시게 하얀 어깨와 희디흰 목덜미를 갖고 있었다. 크고 맑은 파
란 눈, 오똑한 코, 계란 모양의 갸름한 턱, 그리고 길고 흰 목덜

미는 미의 화신처럼 느껴졌다. 또한 젖어 있는 듯한 붉은 입술은
감각적이었으며 약간 열려진 입술 사이로 보이는 혀끝은 무엇인
가를 갈망하는 듯했다.

「당신, 누구세요?」

여인은 부드러운 목소리로 물었다.

「터린을 기다리고 있어.」

맥이 그녀에게 말했다. 그것은 참으로 바보 같은 대답이었으
나 지금 상황으로서는 더 이상 적당한 대답은 없었다.

이 황금의 여인은 사실상 아무 것도 몸에 걸치지 않은 것 같았
다. 망사처럼 속이 훤히 들여다보이는 숄이 어깨에서 살짝 앞가
슴을 흘러내려 히프 근처에서 걸쳐져 허리에 느슨하게 매어져
있었다. 그런 모습으로 그녀는 참으로 아무렇지도 않게, 그리고
보란 듯이 사나이 앞에 눈부시게 서 있었다. 유방을 감싸고 있는
망사를 통해 내비치고 있는 핑크빛 젖꼭지는 한층 더 사나이의
마음을 흔들리게 하고 있었다. 비너스 언덕의 가장 그윽한 부분
은 그녀의 곡선을 나타내 주는 거들과 허리에 맨 끈으로 살짝 가
리워져 있을 뿐으로 그 부분을 더욱 강조하고 있는 듯했다. 종아
리와 허벅지는 무릎을 경계로 하여 미끈하게 뻗어 있었다. 보란
은 난생 처음 스트립 쇼를 구경하는 애송이처럼 그만 침을 삼키
고 말았다.

금발의 여인은 점수라도 매기는 것처럼 보란을 훑어보았다.
눈앞에 서 있는 사나이는 분명 그녀를 만족시킨 듯했다. 그녀가
숄의 앞자락을 걷어올리자 그 사이로 부풀어 터질 것 같은 하얀
유방이 드러나 보였다. 그리고 그 풍만한 젖무덤 위에 붉게 상기
된 젖꼭지가 보란을 향해 퉁기듯이 흔들리자 의지가 강한 그도

도저히 거기에서 눈을 뗄 수가 없었다.

「나와 함께 이층에서 기다려도 되지 않아요?」

금발의 여인이 말했다. 그녀는 보란이 지금 어떠한 상태에 빠져 있는지 잘 알고 있었다.

「괜찮아요. 레오는 언제든지 한 시간은 걸리는 걸요. 우리 같이 이층으로 올라가서 뭐 좀 마시지 않겠어요?」

그녀가 낮은 목소리로 되풀이해 말했다.

「미안해…….」

보란이 말했다. 그는 이것이 바로 밀회라는 것이 아닐까 하고 생각했다.

「여기서 기다려야만 해.」

하지만 여인은 몸을 밀착시켜 왔다. 그러자 향긋한 여인의 체취가 보란 속에 있는 남성을 강하게 자극시켰다. 그의 두 손은 자기도 모르는 사이에 여인의 몸으로 뻗고 있었다. 그의 손은 여인의 부드러운 살결에 닿는 순간 감전이라도 된 것처럼 당겨졌다. 기다리고 있었다는 듯이 그녀는 허리를 높이 올리며 보란의 귀에 입술을 대고 속삭였다.

「그는 언제나 적어도 한 시간은 걸려요. 우리는 5분이면 끝낼 수 있지 않아요?」

보란은 정중히 말했다.

「고맙긴 하지만 안 되겠어.」

그녀는 보란의 눈 속에서 그 말의 의미를 찾아내려는 듯이 잠시 그를 바라보았다. 이윽고 그녀는 눈을 빛내며 이렇게 물었다.

「당신, 뭘 생각하고 있죠?」

여인의 콧방울은 화가 난 듯이 부풀어 있었다.

「거기에 화가 나 있는 괴물이 있잖아요? 당신은 그것을 내 몸 속에 넣고 싶어 죽을 지경이면서.」

「당신 말은 사실이야.」

여인은 짧게 웃고는 엉덩이를 흔들면서 보란에게로 다가가 그를 두 팔로 힘껏 껴안았다.

「당신, 그 기분 알고 있어요?」

「물론 알고 있지.」

이렇게 말하고 보란은 힘없이 웃었다.

「그렇게 화내지는 말아, 금발 아가씨. 지금은 다만 그런 일을 할 시간이 아니란 말야. 나를 좀 풀어줘. 제발 나를 혼자 있게 해 달라구.」

그러자 여인의 눈이 새로운 경의를 나타내며 보란을 쳐다보았다.

그때 어디선가 스위치 소리가 나고 스피커의 음향이 정적을 깨뜨리더니 곧 레오 터린의 목소리가 들려 왔다. 스피커는 방 안의 어딘가에 숨겨져 있는 것이었다.

「좋아, 중사!」

터린의 목소리였다.

「또 한 점 올렸군. 도대체 자네는 어떻게 된 사람인가? 감정도 없는 목석이란 말인가? 어때, 그 테스트는 견디기 힘들었을 텐데!」

터린은 아주 재미있다는 듯이 말했다.

「보란, 이제 그 달아오른 금발 머리를 안아 주게. 그녀의 풍만한 육체를 이층으로 운반해 마음껏 즐기라구! 들리나?」

「잘 들리오, 레오.」

보란이 조용히 말했다. 그는 스피커가 있는 곳을 찾고 있었다.

「폐쇄 회로 텔레비전이야. 나중에 자네에게 보여 주지. 미치, 내 친구를 잘 대접해 주게. 듣고 있나?」

여인은 즐거운 듯이 웃으며 대답했다.

「물론 듣고 있어요, 레오!」

「그리고 이것으로 너는 내게 이 집에서 또 하나 빚을 진 거야.」

터린은 큰 소리로 웃었다. 그리고 나서 스피커의 소리가 끊어졌다.

「그것 봐요. 당신 덕분에 내가 빚을 졌잖아요?」

금발 머리의 여자는 원망스럽다는 듯이 보란을 보고 웃고는 그의 손을 잡아 끌었다.

「자, 우리 같이 어디 좋은 장소를 찾아보기로 해요. 지금도 아직 그런 일을 할 시간이 아니라고 말하겠어요?」

「아니야, 지금은 꼭 좋은 때야.」

보란이 동의하자 두 사람은 손을 잡고 카펫이 깔린 계단으로 올라갔다. 목석 보란은 다음 번의 어떤 테스트도 잘 패스할 수 있다는 것을 잘 알고 있었다. 그는 금발의 유혹자를 따라 굽어진 계단을 올라갔다. 넓고 아름답게 장식되어 있는 홀을 지나 커다란 침실로 들어갔다. 그곳은 매우 사치스러운 방이었다. 지붕 있는 침대가 놓여 있었으며 바닥에는 두꺼운 카펫이 깔려 있었고 우아한 가구들이 방을 장식하고 있었다. 보란은 조용히 휘파람을 불었다.

「방이 어때요, 마음에 들어요?」

금발의 여인이 그를 뒤돌아보며 말했다. 그녀의 시선은 보란의 허리 아래를 훑고 있었다.

「어떤 식을 원하세요?」

그녀가 보란에게로 다가서며 물었다.

「뭐라구?」

보란이 여인의 부드러운 어깨를 어루만지며 말했다.

「앉아서 하는 것, 서서 하는 것, 누워서 하는 것 중에서 당신은 어떤 것을 더 좋아해요?」

보란은 잠자코 싱긋 웃으면서 그녀의 허리끈을 풀렀다. 그리고 엉덩이에 걸쳐져 있는 숄을 조심스럽게 벗겼다. 그는 한 손으로 그녀의 턱을 받치고는 한 걸음 물러서면서 감상하듯이 여인의 몸을 바라보았다. 여인은 미소를 띠며 우아하게 양팔을 벌리고 발끝으로 천천히 돌았다. 그리고는 아래층에서 해보인 것처럼 허리를 흔들며 몸을 꼬았다.

「당신은 무대에 서본 적이 있지?」

보란이 싱글거리며 말했다. 그녀는 짧게 웃고는 팔을 내리고 어딘지 모르게 어색한 모습으로 서 있었다. 아마 벌거벗은 자신을 의식하고 있는 것 같았다. 그녀는 또 한 번 웃고는 침대로 다가가 조금 어색하게 보란을 바라보았다. 그리고는 침대 커버를 걷어 내리고 비단으로 된 시트가 깔려 있는 침대 위로 올라가 누웠다. 보란은 천천히 옷을 벗었다. 여인은 누워서 사나이가 옷을 벗는 것을 만족스러운 듯이 지켜보고 있었다. 보란은 벗은 옷을 조심스럽게 의자 등걸이에 걸고 침대로 다가가 냉소를 띠며 꿰뚫는 듯한 시선으로 침대 위의 여인을 내려다보았다.

그녀는 그에게 미소로 답하고 자기 곁의 침대를 두들겼다. 보란은 그녀의 손을 잡아 그녀를 침대에서 안아 일으켰다.

「보이고 싶지? 일어서서 움직여 봐.」

「어머 아니에요. 나는 다만……」

「춤을 춰 봐.」

그녀는 이류 무대의 여왕이라도 된 듯이 허리를 비비 꼬며 춤을 추었다. 보란은 한 걸음 뒤로 물러서서 허리에 손을 얹고 그녀의 춤을 지켜보며 서 있었다. 이윽고 그녀가 말했다.

「당신, 이런 일을 시키지 않으면 실감이 나지 않아요? 아니면 공연히 나를 애먹이려고 그러는 건가요?」

그녀는 춤을 멈추고는 숨을 거칠게 몰아 쉬었다. 그녀의 눈이 애타게 호소하는 듯 보란을 바라보았다. 그는 웃으며 억세게 그녀를 껴안았다. 두 사람의 살이 머리에서 발끝까지 밀착되자 보란의 몸이 어쩔 수 없이 크게 떨렸다.

「당신도 테스트에 합격한 것으로 치지.」

그가 웃으면서 그녀를 내려다보고 말했다.

「자, 당신은 어떤 식을 원하지?」

그녀가 깔깔대면서 그에게 기대었다.

「우선은 똑바로 누워서 천천히 숨을 쉬고 싶어요.」

「좋아, 적어도 당신의 쇼윈도식 껍질은 떨어졌으니까.」

「뭐라구요?」

그녀는 침대에 몸을 던지듯이 누우며 두 손으로 유방을 감싸고 날씬한 두 다리를 천천히 꼬았다.

「그처럼 아양과 교태를 부릴 필요는 없어!」

보란이 말했다.

「당신은 누구에게나 그렇게 해보이나?」

「아무도 싫다고 말한 사람은 없었어요.」

그녀가 분명히 말했다.

보란은 방바닥에 무릎을 꿇고는 한쪽 팔로 욕정에 불타는 여체를 안아 그의 뜨거운 입술로 온몸을 핥기 시작했다. 그의 입술은 그녀의 터질 듯한 유방을 애무하다가 이윽고 목을 지나 뜨거운 입으로 거슬러 올라갔다.

「기분이 좋아요?」

잠시 후 여인이 숨을 헐떡이기 시작하며 사나이의 등을 손바닥으로 쓰다듬어 내려갔다. 보란은 그녀의 한쪽 다리를 굽히고는 두 손으로 허벅지를 애무하면서 무릎에 키스했다.

「당신, 다리를 좋아해요?」

그녀가 흥미롭다는 듯 물었다.

「당신 다리를 좋아하지. 그러나 당신이 생각하고 있는 것과는 틀려. 나는 당신이 잘 느끼는 곳을 찾고 있어.」

「어머, 나는 온몸의 어느 곳에서나 잘 느껴요.」

그녀가 재빨리 말했다.

그는 손으로 그녀의 부드러운 엉덩이를 어루만졌다. 그의 손이 허벅지의 맨 위쪽에 닿자 그녀의 구부리고 있던 다리가 경련을 일으키듯이 파르르 떨렸다. 그녀는 어쩔 수 없이 가쁜 숨을 몰아 쉬는 것이었다. 보란이 싱긋 웃었다.

「정말로 더욱 민감한 곳도 있나 봐요.」

그녀는 시인하는 듯 웃으며 말했다.

「이봐요, 당신 나와 함께 침대에 눕지 않을래요?」

대답 대신 그는 여인을 안아 엎드리게 한 후 그녀의 등을 따라 애무하기 시작했다. 그의 손이 그녀의 예민한 부분을 더듬어 나가자 여자는 다시 숨을 몰아 쉬었다.

「어서요……」

그녀가 못 참겠다는 듯이 그에게 말했다.

「어서!」

그녀는 갑자기 일어나서 보란의 목을 껴안기 무섭게 입술을 찾았다. 그들은 꼭 껴안은 채 침대에 누웠다. 그리고는 서로의 다리를 휘감으면서 키스를 계속했다. 그녀는 율동적으로 엉덩이를 움직이면서 몸을 밀착시켰다. 뜨거운 입술에서 입을 떼며 보란이 말했다.

「그래, 계속해! 침대 위에서는 아주 적당한 운동인 것 같군.」

「그래요, 교수님!」

그녀가 숨을 헐떡이며 말했다.

「빨리 강의로 들어가요.」

그녀는 다시 그의 입술을 빨았다. 풍만한 유방이 그의 가슴에 물결처럼 밀어닥쳤다. 그녀는 더 이상 참을 수 없다는 듯이 그의 목을 껴안고 있던 손을 내려 두 사람의 몸 사이에 밀어 넣으며 보란의 그것을 찾아 헤맸다.

그러나 보란은 몸을 피하며 말했다.

「아직 부족한 것 같은데?」

「뭐라구요? 얼마나 더 기다려야 된다는 거예요? 지금 나는 미칠 지경이라구요.」

그러자 그는 그녀의 옆에 누워 그녀의 풍만한 가슴을 뜨거운 혀로 핥기 시작했다. 그녀는 더욱 숨을 거칠게 몰아 쉬며 몸을 비틀면서 그에게로 밀어붙였다. 이윽고 그는 여인을 다시 침대에 똑바로 누이고는 일어서서 그녀를 내려다보았다. 그녀는 애원했다.

「어서요, 제발 부탁이에요.」

보란은 만족스럽게 웃었다.

「이제 여자가 되었군.」

이렇게 말하며 그는 그녀 위에 덮쳤다. 그녀는 허리를 높이 올리면서 그를 맞았다. 그녀의 두 다리와 두 팔은 세찬 힘으로 그를 끌어당겼다.

「좋아요, 좋아요.」

하며 여자는 중얼거렸다. 그녀의 허리는 경련을 일으키는 것처럼 심하게 파도 쳤다.

잠시 후 그녀는 나른한 듯이 중얼거렸다.

「나는 여자예요.」

「물론이지. 내가 모르고 있다고 생각했나?」

보란이 지친 듯이 말했다.

테스트는 모두 오케이였다.

8
두 번째 방문객

8월 31일 새벽녘 리버티에 있는 맥 보란의 아파트에 생각지도 않았던 손님이 찾아왔다. 그 방문객은 다름 아닌 형사부장 알 웨더비였다. 철두 철미한 경관의 눈이 재빠르게 사치스런 방 안의 구석구석을 살펴본 뒤 뜻밖이라는 표정을 지으며 방 주인을 바라보았다.

「이것은 친구로서의 방문으로 생각해 주게.」

경관은 애써 미소를 지으며 말했다.

「새벽 5시라는 건 친구의 방문치고는 너무 이르지 않소?」

「진짜 우정은 시간 같은 걸 따지지 않아. 좀 흥미 있는 정보가 있어서 들렀다네.」

웨더비가 조용히 말했다.

보란은 형사부장을 거실 한가운데 세워둔 채로 부엌으로 가서 물주전자를 불 위에 올려놓고 선반에서 컵 두 개와 커피 병을 꺼냈다. 그리고는 잠이 덜 깬 목소리로 방을 향해 소리쳤다.

「이리 오지 않겠소?」

형사의 거대한 몸이 좁은 부엌으로 들어섰다. 보란은 테이블 옆에 있는 높고 둥근 의자에 앉아 있었다.

「조금 있으면 물이 끓을 거요. 무슨 정보가 있다는 거요?」

그가 낮은 목소리로 물었다.

「정보원으로부터 입수한 거야.」

웨더비는 둥근 의자의 끝에 걸터앉아 희끄무레하게 밝아 오는 새벽빛 속에서 보란의 얼굴을 지켜보며 말했다.

「살인 청부업자가 고용되었어. 자네를 죽이기 위해서 말이야, 보란.」

보란은 잠시 생각한 다음 말했다.

「나는 당신이 무슨 말을 하는지 모르겠소.」

「살인 계약이지.」

경관이 설명했다.

「누군가가 자네를 죽이려 하고 있는 거야. 이제 알겠나?」

보란은 그를 흘끗 쳐다보고는 담배를 꺼내 물었다. 그리고는 물주전자를 바라보며 말했다.

「어째서 아침에는 물이 천천히 끓을까?」

「못 알아듣겠나?」

「아, 아니오.」

보란은 일어나 스토브 옆으로 가서 손가락을 주전자에 대보았다. 그리고는 이른 아침의 방문객을 꿰뚫는 듯한 시선으로 쏘아 보았다.

「겁주려고 그러는 건 아니겠죠?」

그가 조용히 물었다.

웨더비는 한숨을 쉬며 고개를 저었다.

「아냐, 이건 진짜란 말야, 보란. 나는 자네를 감시하고 있어. 자네가 그들한테 가 있다는 것도 알고 있다구. 그놈들도 벌써 알고 있어. 설마 자네는 그 녀석들이 그렇게 바보라고는 생각하지 않겠지?」

보란은 커피 병에서 두 잔분의 커피를 떠낸 후 병을 웨더비에게 내밀었다.

「당신 지금 마태들 얘기를 하는 거요?」

보란이 물었다. 그는 끓는 주전자를 내려 자기 잔과 손님 잔에 물을 부었다.

「그렇게 똑똑한 놈들 같지는 않던데…….」

「수없이 많은 사람들이 그들 손에 죽었어. 그들도 처음에는 자네처럼 생각했지.」

웨더비가 말했다. 그는 커피를 저은 다음 맛을 즐기듯 천천히 마셨다.

「보란, 놈들은 자네에 대해서 철저히 조사했어.」

웨더비는 후후 커피를 불며 말했다.

「그 녀석들은 이미 자네의 정체를 알고 있어. 그러니까 당연히 그들에게 접근한 이유도 알고 있단 말야. 그래서 살인 청부업자가 고용된 거야. 자네를 죽이기 위해서!」

「그럼 날보고 어떻게 하란 말이오?」

보란이 소리쳤다. 두 사람의 시선이 마주치자 웨더비가 조용히 웃으면서 말했다.

「도망 가게! 될 수 있는 대로 빨리, 그리고 아주 멀리! 동남아 같은 곳으로 말이네.」

「나는 어느 곳으로도 도망 가지 않소. 그 살인 계약이 맺어진 것은 언제죠?」

보란이 단호하게 말했다. 웨더비는 그의 손목 시계를 내려다보았다.

「내 정보 제공자의 이야기가 정확하다면 아마 네 시간 전쯤일 거야.」

「살인업자는 어느 정도의 실력자들일까요?」

보란은 어깨를 움츠리며 말했다.

「그들이 자네를 죽이는 일은 누워서 떡먹기일 거야. 내가 듣기로는 보수가 단 5000달러라니까 말이네.」

그는 크게 한숨을 쉬고는 말을 계속했다.

「사실을 말하자면, 보란. 나는 여기 오면서 벌써 자네가 피살되지 않았나 걱정하고 있었네.」

「왜 그렇게 속단을 내렸죠?」

보란은 의심스러운 듯 잠시 말을 멈추었다가 다시 입을 열었다.

「나는 요즘 쭉 그 녀석들 코 앞에서 얼쩡거리고 있었소. 죽일 생각이 있었다면 언제든지 죽일 수 있었을 텐데. 어째서 그런 숨바꼭질 같은 짓을 하는 것일까요?」

「자네 쪽은 어떤가?」

「무슨 말이오?」

웨더비가 싱긋 웃었다.

「자네는 왜 해치우지 않았지? 자네의 목적은 그들을 죽이는 일 아닌가? 거기에 대해서 부인이나 변명 따윈 하지 말게. 자네로부터 그것을 듣고 싶지는 않으니 말야. 문제는 방법인데 그것은 마피아에게 있어서도 마찬가지야. 청부업자와의 계약에 의한 살인. 그것이 그들의 방법이지.」

그는 콧소리를 내며 커피잔을 비웠다.

「이 커피는 맛이 좋지 않은데? 물이 충분히 끓지 않았군. 그런데…….」

그는 둥근 의자에서 일어났다. 그리고는 뒷짐을 지고 단호하게 말했다.

「나는 분명히 자네에게 말했네. 이것이 나의 임무이고 또 내가 할 수 있는 것은 이것뿐이네. 만약 자네가 보호 감시를 원한다면 이야기는 다르지만.」

보란은 그런 제안은 말도 안 된다는 투로 말했다.

「흥! 내가 그들을 먼저 죽인다면 법률상 내 입장은 어떻게 되죠?」

「체포되면 일급 살인죄로 기소되겠지.」

웨더비는 조용히 대답하고는 문을 향해 걸어갔다.

보란은 그를 배웅해 주려고 문까지 따라나서며 물었다.

「그것은 정당 방위가 아닌가요?」

「자네가 법정에서 입증할 수 있어야 하네.」

웨더비의 말투는 무거운 것이었다. 그는 문 앞에 이르자 보란을 돌아보며 말했다.

「알겠나? 자네에게 이것이 얼마만큼의 의미가 있는지는 모르지만…… 난 자네를 동정하네. 그러나 그건 순전히 개인적인 감정이야. 자네가 앞으로도 이 거리에서 그 손가락으로 방아쇠를 당긴다면 난 가만 있지 않겠네. 자넨 지금 천국과 지옥 사이에

서 있는 거야. 나는 무엇보다도 자네가 지난 8월 22일의 범행을
시인하고 경찰에 자네의 신병을 맡길 것을 권하네. 좋은 변호사
라면 그것을 순간적인 정신 착란으로 돌려서 가볍게 처리할 수
있을 걸세. 그게 싫다면 난 도망치라고 말하겠네. 오직 달아나는
길뿐이야. 자네는 그들과 맞설 수 없어. 보란, 그들과 싸울 수는
없어.」

그는 문을 열고 밖으로 나갔다.

「어때, 나와 함께 가지 않겠나?」

보란은 고개를 가로저으며 말했다.

「고맙소, 웨더비.」

그리고 그는 문을 닫았다. 곧장 욕실로 가서 면도와 샤워를 하
고 옷을 갈아입었다. 그리고는 터린에게서 받았던 속사용의 숄
더 홀스터와 권총을 점검하여 몸에 건 다음 실탄 네 클립을 양쪽
주머니에 나눠 넣었다. 그는 침실의 가구를 옮겨 놓고 침대의 머
리 쪽을 동쪽 창문 쪽으로 붙이고 블라인드를 열어 강한 햇빛이
들어오게 하였다. 그리고는 담요를 말아 침대 위에 놓은 뒤 그
위에 시트를 덮었다. 그리고는 거실로 나와 블라인드를 닫고 불
을 꺼서 거실 안을 캄캄하게 해놓았다.

그는 다시 침실로 가서 커다란 옷장 안에 의자를 놓고 안에 들
어가 앉은 다음 작은 틈만을 남기고 문을 닫았다. 그리고는 지구
의 저쪽, 월남의 습지에서 익힌 인내와 침착성으로 기다리기 시
작했다.

7시 몇 분 전, 보란의 아파트에 두 번째 방문객이 나타났다.
이번의 방문객은 두 사람이었으며 그들은 벨을 누르지 않았다.
그들은 잠시 동안 보란의 아파트 문에 귀를 대보고는 주머니에

서 잭나이프와 송곳을 꺼내 문을 열기 시작했다. 문은 쉽게 열렸다. 두 사람은 조용히 안으로 들어갔고 문은 소리없이 닫혔다. 그들은 잠시 동안 어둠에 익숙해질 때까지 기다렸다.

「아직 자고 있군!」

한 사나이가 속삭였다. 키가 큰 사나이가 소음기가 부착된 권총을 들어올렸다. 또 한 사나이가 흰 이빨을 드러내며 소리없이 웃었다.

「실수 없도록 해. 굉장히 빠른 녀석이래.」

키가 큰 사나이가 침실 문을 천천히 밀었다. 그리고는 문을 활짝 열면서 안으로 뛰어들었고 그 뒤를 한 명이 바로 뒤따라 들어왔다. 그들은 순간적으로 창문에서 들어오는 강한 햇빛 때문에 눈이 부셨으나 키가 큰 사나이는 아랑곳하지 않고 침대의 머리 부분을 향해 세 발을 쏘아 댔다. 소음기 때문에 둔탁한 소리가 났다. 바로 그때 그들의 오른쪽에서 문이 밀리는 소리가 났다.

「이쪽이다. 찰리!」

두 사나이가 동시에 돌아보았다. 그 순간 주황색 빛줄기가 그들을 향해 날아왔고 이어 귀청이 떨어질 듯한 강한 총소리가 계속해서 울렸다. 권총을 들고 있던 사나이의 목에서 붉은 핏줄기가 치솟았다. 다른 한 사나이는 그의 재킷 안쪽에 손을 댄 채 동작을 멈추고는 천천히 무릎을 꿇었다가 바닥에 쓰러졌다. 또 한 발이 키가 큰 사나이의 얼굴을 뚫고 나갔다. 사나이는 그의 동료 위에 쓰러졌다. 그의 손에는 쓸모없는 권총이 쥐어져 있었다.

맥 보란은 옷장에서 나와 잠깐 동안 차가운 눈빛으로 두 구의 시체를 확인하고는 재빨리 아파트를 빠져 나갔다.

그는 엘리베이터로 지하층까지 내려갔다. 그리고는 서둘러

비상구의 계단을 타고 좁은 복도를 지나 맞은편 건물로 뛰어가
서는 열쇠로 비상구를 열고 그 안으로 사라졌다. 1분도 채 못 돼
서 그는 그 건물 안에 있는 작은 방으로 들어갔다. 그는 가스 레
인지 위에 커피물을 올려놓고 방 안의 긴 의자의 쿠션을 들어내
고 장총을 꺼냈다. 총의 윗부분에는 차가운 느낌을 주는 고성능
스코프가 달려 있었다. 맥 보란은 익숙한 솜씨로 총을 손질하기
시작했다.

「내가 그런 놈들에게 당할 수야 없지.」

우수한 저격수 보란은 어떠한 공격 계획에도 반드시 퇴각의
길을 준비해야 한다는 것을 알고 있었다.

「이건 후퇴가 아니야. 다만 우위를 확보하기 위한 이동 작전이
지.」

그는 창문으로 걸어가 밑의 거리를 내려다보았다. 사이렌 소
리가 멀지 않은 곳으로부터 들려 오고 있었다. 아직 계약이 이행
되지 않았다는 것을 마태들이 안다면 실망이 크겠지. 형사부장
웨더비가 이 소식을 듣는다면 그는 어떨까 하고 보란은 생각했
다. 맥 보란은 신중에 신중을 기하지 않으면 안 된다고 생각했
다. 모두 그의 뒤를 쫓을 것이다. 경찰, 마피아, 또 고용된 살인
청부업자들, 아마 온 세계가 그를 쫓아올 것이다. 보란은 몸을
떨었다.

공포는 자연스런 감정이다. 〈나는 극복할 수 있다〉라고 그는
자신에게 타일렀다. 그는 전쟁터에서 죽음의 공포를 느낄 때마
다 수없이 이 말을 생각했었다. 그러나 지금까지 이렇게 완전히
혼자인 적은 없었다. 그러나 나는 이길 수 있을 것이다. 공포의
감정을 철저히 이용해야 한다. 그리하여 마태들을 공포의 밑바

닥으로 몰아붙여야 한다. 정신을 차리지 못하고 도망치게 만들어 내가 갖는 공포보다 더 큰 공포를 그들에게 안겨 줘야 한다. 그러나 경찰은 어떻게 해야 되나? 경찰은 직접 상대를 해선 안된다. 그들은 피해야만 한다. 그러나 언제까지 그들을 피할 수 있단 말인가? 그렇게 길지는 않을 것이라는 것을 보란은 충분히 알고 있었다. 아마 길어야 며칠일 것이다. 그 며칠 내로 보란은 그가 해야 할 일들을 해내야만 했다. 마피아를 공포 속으로 몰아넣어 도망 가게 만들고 경찰을 피해야만 하고, 자신을 공포로부터 지켜야 하는 것이다.

그 모든 일을 며칠 안에 해낼 수 있을까? 그는 말없이 444구경 총신을 어루만졌다. 하지 않으면 나는 죽는다. 그것은 당연한 것이다.

보란은 이렇게 자문 자답을 하는 동안에 한 가지 진실을 깨달았다. 그는 단순한 복수심에서 이 일을 시작했었다. 그는 지금 그 진실을 정면에서 마주 볼 수가 있었다. 강한 의협심, 억제하기 싫은 분노, 혼자 싸우려는 각오, 이 세 가지가 맥 보란을 복수로 몰아세우고 있었던 것이다. 그러나 복수는 더 이상 목적이 아니었다. 그렇다고 자기 방어도 아니다. 보란은 또 하나의 진실을 깨달았다. 그는 더 이상 그들을 미워하고 있지 않았다. 터린이나, 플래스키, 시모어와 같은 마태들을 그는 이해하고 있었으며 그에 따라서 그들에 대한 증오도 달라졌다. 지금의 그는 월남에서의 적을 대할 때와 같은 느낌으로 그들을 상대하려는 것이다.

보란과 적 사이에는 개인적인 관련은 아무 것도 없었다. 미움도 이해 관계도 없는 것이다. 인생은 다만 카우보이와 인디언의 싸움의 유물인 것이다. 좋은 자도 있고 나쁜 자도 있으며 나쁜

자는 결국 죽어야만 하는 것이다. 맥 보란은 자신이 성스러운 전쟁터에서 싸우고 있는 것이라고 생각하기에 이르렀다. 선은 악을 이긴다. 이것이 명제이고 또한 이것이 동기인 것이다. 맥 보란은 그것 이상으로 의지해야 할 더 좋은 동기를 찾지 못했다. 동기란 의지하는 바탕이 되어야 하며 그것 때문에 죽어서는 안된다. 죽음으로서 승리를 얻는다는 것은 있을 수 없다. 그에게 있어서 그것은 분명한 것이었다. 승리는 악의 멸망에 의해서만 얻어져야 한다. 맥 보란은 아무 감정도 없이 그 싸움에 몸을 던지고 있는 자신을 발견했다.

마피아는 악이다. 그러므로 마피아는 섬멸되어야만 한다. 이것이 동기였다.

9
협 박

정오가 조금 지났을 무렵 육중해 보이는 검은 세단이 교외에 있는 저택의 철문을 천천히 미끄러지듯 들어가 길을 가로질러 달리다가 길의 돌출 부분에 잠깐 앞바퀴를 세우고 멈추었다. 그 세단을 운전하고 온 자는 정원에 있는 잡역부 차림의 젊은 사나이에게 가볍게 눈짓을 하고는 파인 체스터의 구부러진 도로를 따라 천천히 차를 몰았다. 그는 차고 바로 옆에다 차를 세우고는 건물의 옆문을 통해 저택으로 들어갔다. 그리고는 곧 바로 클럽 룸으로 가서 그의 출현을 알리는 차임벨을 눌렀다. 조금 있다가 키가 크고 붉은 머리의 여인이 나타났다. 그녀는 전과 마찬가지로 몸에 꼭 붙는 실크로 만든 옷을 입고 있었다. 그를 본 순간 그녀의 예쁜 얼굴에서 미소가 사라졌다.

「주, 중사님…… 당신이 어떻게……?」

그녀는 그의 뒤에서 또 다른 사람의 존재를 찾는 듯 겁에 질린 눈을 두리번거렸다.

「내가 어떻게 이곳에 나타났느냐는 건가?」

보란이 웃으면서 말했다.

직업적인 미소가 곧 그녀의 얼굴에 나타났다. 그녀는 웃으면서 사나이에게 다가섰다.

「당신은 악마라고 미치가 말하더군요.」

그녀가 불안한 목소리로 말을 이었다.

「어쨌든 당신은 나를 안으러 온 거죠? 좋아요!」

그녀는 팔을 앞으로 뻗으며 그의 목에다 두 손을 감으려 했다. 그는 뒤로 물러서며 그녀의 손을 뿌리쳤다.

「넌 내가 나타난 이유를 잘 알고 있지!」

「무얼 원하는 거죠?」

그녀가 두려움에 떨면서 물었다.

「집 안에 있는 여자들을 모두 밖으로 내보내! 그들이 통닭구이가 되는 걸 원치 않는다면 말이야.」

그녀는 순간 그의 말을 이해하지 못하겠는 듯이 그를 바라보았다.

「집 안에 불이 났다는 건가요?」

「지금부터 불이 나는 거니까 여자들을 밖으로 내보내, 어서!」

순간 여자의 눈에 분노의 빛이 서렸으나 보란의 시선에 눌려 뒤로 물러섰다. 그리고는 재빨리 문 옆에 있는 작은 책상으로 달려가 서랍을 열고는 안의 것을 꺼내려 했다. 보란은 소리없이 그녀의 뒤로 다가갔다. 그는 그녀를 거칠게 밀어젖혔다. 여자는 놀라 소리를 지르며 옆에 있는 의자 위로 쓰러졌다. 보란이 여자로부터 뺏은 권총의 실탄 클립을 빼는 동안 그녀는 천천히 일어서서 벗겨진 손목을 실크 바지에 비비면서 보란을 노려보았다.

「서두르는 게 좋아.」

보란이 부드럽게 말했다.

「30초 뒤에 이곳에 불을 지를 테니까 여자들을 뒤에 있는 대피소로 데리고 나가!」

그는 자동 권총을 흔들며 나가라는 시늉을 해보이고는 신문을 집어들어 라이터로 불을 붙였다. 리다는 숨을 삼키며 계단을 뛰어 올라갔다.

보란은 타고 있는 신문을 마루에 던지고 창문의 커튼 아래에 또다시 불을 붙였다. 일순간에 클럽 룸은 불바다가 되었다. 보란은 들어올 때와 마찬가지로 여유 있게 밖으로 나와 차를 타고 정문으로 차를 몰았다.

「불이 났소!」

그가 정원사에게 말했다. 그 남자는 놀라서 그를 바라보고는 집 쪽을 돌아보았다. 그리고 그는 불타고 있는 건물을 향해 달려갔다.

「낡은 건물이라서 빨리 타겠군!」

보란은 혼잣말로 중얼거리고는 싱긋 웃었다. 그는 정문을 빠져 나와 담을 따라 나 있는 도로를 달렸다. 약 100야드쯤 달린 후 그는 차를 조심스럽게 담에 붙여 세우고는 엔진을 껐다. 그는 뒷좌석에서 444구경을 집어들고 훌쩍 담을 뛰어넘어 소리없이 담 안쪽으로 내려섰다. 조용히 웃으면서 그는 뜰을 가로질러 집과 도로가 잘 내려다보이는 약간 높은 동산으로 올라갔다. 꼭대기에 도착한 그는 땅바닥에 엎드려 그 집을 감시하기 시작했다.

여자들은 비명을 지르며 뛰어다니고 있었는데 그들의 대부분이 거의 알몸이었다. 보란은 한눈으로 리다의 화려한 녹색 옷을 구별할 수 있었다. 그가 라이플의 스코프로 들여다보니 리다가 화가 나 미쳐 날뛰는 모습이 보였다. 보란은 미소 지었다. 리다는 검거될 것이다. 그 낡은 건물은 벌써 불타 무너지려 하고 있었다. 정원사를 가장한 경비원들이 한 손에 커다란 리볼버를 끌어쥐고 고함을 지르면서 여자들 사이에서 바쁘게 움직이고 있었다. 멀리서 들리는 소방차의 사이렌 소리에 보란은 정신을 차렸다. 다음 순간 소방 주임의 차가 아스팔트 위에 날듯이 나타나 잔디밭을 한 바퀴 돌아 입구 바로 안쪽에 멈춰 섰다. 제복을 입은 남자가 차에서 뛰어내려 바로 뒤에 달려온 사다리차에 무엇인가 간단한 지시를 내렸다. 그가 뒤로 한 걸음 물러서자 사다리차는 집 쪽으로 달려 들어갔다.

보란은 또 한 번 싱긋 웃었다. 소화 작업 같은 것은 안 해도 된다고 말했겠지.

호스를 끌어내리기도 전에 이 집은 완전히 타버릴 것이다. 리다와 여자들은 트럭 주위에 모여 있었다. 소방수들은 불타고 있는 집보다도 여자들에게 더 많은 관심을 나타내고 있는 것 같았다. 소방 주임은 뒤에 달려온 또 한 대의 소방차를 돌려보내고는 그의 차에 올라타고 집 쪽으로 향했다.

보란은 미소를 띤 채 기다렸다. 순간 불 속에서 폭발이 일어났다. 아무도 차고에서 차를 끌어내려는 생각을 하지 못했을 것이라고 보란은 생각했다. 거의가 알몸인 여자들은 불안한 듯이 움직이기 시작했다. 나이트 가운을 입은 젊은 여자 한 명이 맨발로 정문을 향해 뛰기 시작했다. 보란은 그 이유를 알고 있었다. 옷을 거의 입지 않은 젊은 여자들이 이곳에 이렇게 많이 있는 것은 무슨 까닭인가? 라는 질문이 쏟아질 것이 틀림없었다.

경찰차 한 대가 달아나려는 여자를 싣고 모여 있는 여자들에게로 다가갔다.

보란은 리다가 형사와 이야기하는 것을 보았다. 보란은 스코프로 그녀의 얼굴을 자세히 보았다. 리다와 그 형사는 분명히 서로 아는 사이인 것 같았다. 형사는 리다와 무슨 말인가를 주고받으면서 계속 웃으면서 머리를 끄덕이고 있었다.

소방수들은 다 타버린 집을 바라보고 있었다. 젊은 여자들의 대부분은 잔디밭에 앉아 있었으며, 리다와 다른 두 여자는 경찰차에 타고 있었다. 소방 주임은 순찰차에 기대어 젊은 여자들을 정신 없이 바라보고 있었다.

이때 한 대의 리무진이 정문으로 들어오더니 규칙대로 길 도중에 있는 돌출 부분에 앞바퀴를 얹고 멈춰 섰다. 터린은 앞좌석 운전사 옆에 앉아 있었다. 운전하고 있는 남자는 시모어의 저택에 있는 보디가드 중의 한 명이었다. 뒷좌석에 앉아 있는 두 사람의 얼굴은 잘 보이지 않았다.

보란은 차가 그 돌출 부분에 멈춰 섰을 때 차의 앞바퀴 둘을 꿰뚫어 놓았다. 그리고는 잇달아 앞좌석의 두 사나이들 사이에다 한 발 쏘았다. 그리고 자동차의 지붕을 향해 방아쇠를 당기면서 보란은 터린의 놀라움과 공포에 가득 찬 얼굴이 스코프의 시야를 가로지르는 것을 보았다.

뒷좌석의 문이 활짝 열리고 몸집이 큰 사내가 나왔다. 그는 피가 흐르는 관자놀이 부근을 손으로 누르고 있었다. 보란은 혀를 찼다. 최초의 공격에서는 누구에게도 상처를 입히지 않을 작정이었다.

요란한 라이플 소리는 잔디밭 위에서 멀리까지 울려 퍼졌다. 놀란 경관이 그의 차에서 뛰어나와 불타고 있는 건물을 향해 뛰어갔다. 그곳에 있던 모든 사람의 시선은 저택을 일순간에 삼켜 버린 치솟는 불길에 집중되었다. 보란은 다시 정문 가까이에 있는 자동차로 총구를 돌렸다. 운전하던 사나이는 찌부러진 타이어로 차를 움직여 보려고 애쓰고 있었다. 보란은 보닛 위의 표적을 겨냥하고는 재빨리 두 발을 쏘았다. 보닛의 후드가 퉁겨 올랐다가 내려앉았다.

그 틈새에서 뱀의 혓바닥처럼 불길이 새어 나왔다. 그러자 자동차의 문이 일제히 열리면서 퉁겨 나오듯이 사나이들이 굴러 떨어졌다. 그들은 얼마 떨어지지 않은 나무 그늘을 향해 뛰어가는 것이었다.

보란은 그것을 기다리고 있었다. 그는 444구경의 총탄을 한 사나이의 다리에 쏘아 넣고는 재빨리 순찰차를 향해 총구를 돌렸다. 이때 한 경관이 권총을 뽑아 들고 문 옆에서 불타고 있는 자동차를 향해 뛰어가는 것이 보였다.

불이 난 곳의 혼란 때문에 보란은 유리했다. 아직까지는 총탄과 그가 있는 등성이를 연결지어 생각하는 사람은 아무도 없었다. 보란은 혼란을 이용할 수 있는 만큼 최대한 이용하기로 마음먹었다. 그가 순찰차에 두 발을 쏘아 넣자 펑 소리를 내며 불이 붙었다. 그러자 여자들은 재빨리 달아나기 시작했고 그 사이에 소방 주임의 자동차도 바퀴가 납작하게 되어 버렸다.

보란은 라이플을 어깨에 메고 산등성이의 뒤쪽으로 미끄러져 내려갔다. 그는 이것으로 충분히 위협의 효과를 올렸다고 생각했다. 그는 담을 넘기 위해 나무 위로 올라가 자동차 지붕 위로 뛰어내렸다. 그는 조심스럽게 머린을 집어 넣고 차를 회전시켜 수라장이 된 그곳을 유유히 빠져 나갔다.

경관들이 한 손에 총을 들고 엉망이 된 리무진을 멍청하게 쳐 다보고 있는 것이 보였다. 리무진에 타고 있던 사나이들의 모습은 보이지 않았다. 그리고 미리 대기시켰던 몇 대의 자동차가 길 가에 줄지어 서 있었다.

호기심 많은 구경군들이 그 주위로 몰려들어 웅성거리고 있었다. 보란은 만족스러운 웃음을 띠며 그곳에서 약 8마일 가량 떨어진, 역시 교외에 있는 레오 터린의 집을 향해 달리기 시작했다.

약 20분 후인 2시 정각에 보란은 터린의 집에 도착해서 벨을 눌렀다.

30세쯤 되어 보이는 검은 머리의 아름다운 여인이 그의 벨소리를 듣고 나왔다.

보란이 자기 소개를 하자 그녀는 친절한 미소로 답하고는 그를 안으로 맞아들였다. 그러나 그는 문 밖에 서서 용무를 전달하는 것이 더 좋다며 사양했다.

「그럼 내 이름은 알고 계시겠군요?」

「물론이에요. 레오가 당신은 아주 우수한 분이라고 말했어요. 보란 씨, 잠깐 들어오시지 않겠어요? 남편이 어디 가셨는지 저는…….」

「아닙니다. 레오를 만나러 온 것이 아닙니다.」

보란이 급히 말했다.

「사실은 조금 전에 그와 막 헤어져 오는 길입니다. 그에게 전할 중요한 것을 잊어버렸기에 마침 이 근처를 지나는 길이고, 또 당신에게 전해야 되겠기에 들른 겁니다.」

「메모를 해야 합니까?」

그녀가 밝게 웃으면서 말했다.

「아닙니다. 간단한 것이기 때문에.」

보란이 진지한 얼굴로 말했다.

「그에게 이렇게 전해 주십시오. 목석이 계약을 깨버렸다구요. 오늘 오후 불이 난 곳에서 그를 만날 수도 있었지만 하루나 이틀 더 형편을 보기로 한다구요.」

「그렇게 전해 드리겠습니다만……」

그녀가 이상하다는 듯이 보란을 바라보며 말했다.

「좋습니다. 그리고 부인이나 아이들을 해치울 수도 있었다고 말해 주십시오. 이것은 중요한 일입니다. 절대로 잊지 마세요.」

그녀의 아름다운 얼굴이 어두워졌다.

「보란 씨, 저는……」

그녀는 말끝을 맺지 못하고 보란을 쳐다보았다.

「일종의 암호입니다. 레오는 그 뜻을 알 것입니다.」

「아, 그러세요?」

그녀가 대답했다.

보란은 뒤돌아서서 계단을 내려가기 시작했다. 그녀가 뒤따라오며 물었다.

「저어, 보란 씨. 대단히 실례지만 저의 남편과는 어떤 관계가 되시는지요?」

그는 유쾌한 듯이 웃으며 그녀에게로 몸을 돌렸다.

「그가 당신에게 얘기 안 하던가요? 당신은 남편이 무슨 사업을 하는지 모르십니까, 터린 부인?」

「물론 잘 알고 있습니다만…….」

의혹의 짙은 구름이 순간적으로 그녀의 밝은 눈을 스쳤다. 보란은 지금까지 몇 번인가 그러한 의혹이 그녀의 눈을 흐리게 했을 것이라고 생각했다.

「하지만 그는 여러 가지 일에 관계하고 있습니다. 저는 다만 …….」

「내가 그 중의 어느 관계라고 생각하십니까?」

보란이 그녀를 대신해서 질문을 끝냈다.

그녀는 고개를 끄덕거렸다. 그녀의 얼굴에는 의문과 당혹이 뒤섞여 있었다.

보란은 그녀에게 그것을 말하기가 괴로웠다. 그녀는 매우 착한 여자 같았다. 그러나 지금은 그런 생각을 하고 있을 때가 아니었다.

「저는 그의 호위병입니다.」

「무엇이라구요?」

보란은 아무렇지도 않은 듯이 그의 재킷을 열고 홀스터에 달려 있는 32구경을 그녀에게 보여 주었다.

「당신의 남편이 마피아의 간부라는 것을 모르셨습니까?」

그가 조용히 말했다.

「뭐라구요?」

그녀는 거의 고함을 지를 뻔했다. 그녀의 얼굴은 놀라움과 공포로 인하여 일그러졌다.

「터린 부인, 당신에게도 그것을 알 만한 라틴의 피가 흐르고 있을 텐데요?」

보란이 진심으로 말했다.

그는 뒤도 돌아보지 않고 계단을 내려와 그의 차에 올랐다. 그의 차가 달리기 시작했을 때에도 그녀는 아직 그 자리에 서 있었다. 손으로 얼굴을 감싸고 있는 여자의 몸은 딱딱하게 굳어 있는 것처럼 보였다.

그는 자신이 누구보다도 비열한 무뢰한인 것처럼 여겨졌다. 가냘픈 여인을 협박이나 하는 비열한 인간……

보란은 한숨을 쉬고 검은 세단을 월트 시모어의 저택 쪽으로 돌렸다.

이것은 싸움인 것이다. 내일이면 저 아름다운 여인도 과부가 될 것이다. 그리고 오늘밤 그녀는 그녀의 손을 잡고 떨고 있는 그녀의 남편을 보게 될 것이다.

성스러운 전쟁에는 도덕이라는 것이 없다. 다만 최선과 최악의 싸움뿐인 것이다. 전쟁이 한창일 때 선이 악으로 변했다는 것은 실제로 문제가 되지 않는다. 전투는 모든 것을 악으로 바꿔 놓는다. 삶, 그 자체가 전화 속에서는 사악한 것으로 되어 버리는 것이다. 최근 몇 년 동안에 그는 과거의 생각 때문에 얼마나 많이 괴로워했는가? 선악의 신화 같은 개념에 몰두했던 자신을 책망하는 이유는 어디에 있을까? 마피아는 악이다. 그러므로 마피아에 대항하는 모든 것은 선인 것이다. 전선은 뚜렷하게 그어져 있다. 전장에서의 윤리란 잘 싸우는 것이다. 그리고 용감히 일어서서 때가 오면 실수 없이 공격으로 전환하는 것이다.

그것이 병사의 도덕이다.

맥 보란은 최선의 병사였다. 그는 시계를 보았다. 만약에 길이 복잡하지 않다면 시모어의 집에 3시까지는 도착할 수 있다. 이 협박은 재미있게 될 것 같았다. 이번에는 죽는 사람이 나올지도 모른다. 그리고 이 사건의 파문은 조직 내부의 구석구석까지 뒤흔들게 될 것이다.

대간부 이외에도 조직의 원로들까지 뒤흔들게 될 것이다.

10
성스러운 전쟁

보란은 시모어의 저택 뒤쪽에 있는 좁은 자갈길에 차를 세우고는 재킷을 벗고 녹색의 작업복을 입었다. 그는 32구경을 권총집에서 뽑아 바지의 벨트 속에 꽂고 허리에는 배선공들이 사용하는 도구를 넣은 가죽 벨트를 매었다.

그 속에는 잭나이프와 스패너, 드라이버 등 갖가지 도구가 들어 있었다. 그리고 작은 가방을 어깨에 메자 준비는 완료되었다. 보란은 차에 머린을 놓아 두고 숲을 가로질러 가서는 삼목으로 된 울타리의 판자를 몇 개 떼어내고 쉽사리 시모어의 집 부지로 들어섰다. 시모어는 분명히 마지노 라인의 요새보다도 살아 있는 인간을 배치한 방위책에 안심을 하고 있었다.

그러나 지금은 경비원들의 대부분이 파인 체스터 소동에 동원되고 없을 것이다.

실제로 주위에는 사람의 그림자도 비치지 않았다. 그는 대담

하게 정원수를 지나 잔디밭을 걸어갔다. 아무에게도 들키지 않
고 그는 풀까지 가서 마치 추억을 더듬는 듯한 표정으로 수면을
들여다보았다. 이윽고 그는 어깨에 멘 가방에서 무슨 봉투를 꺼
내더니 그 속에 있던 덩어리를 꺼내어 물 속에 던져 넣었다. 짙
은 염료가 금방 풀의 물을 붉게 물들였다. 그는 풀 사이드의 천
막 두 개를 발로 차 물 속에 처넣었다.

그때 하얀 바지에 붉은 재킷을 입은 한 사내가 정원의 끝에서
풀을 향해 뛰어왔다. 사내는 풀과 보란을 번갈아가며 쳐다보는
것이었다.

「거기서 뭐하고 있소?」

사나이가 대들듯이 말했다.

그리고는 재킷 안쪽으로 손을 넣더니 권총을 꺼냈다. 보란은
권총을 무시하고는 태연히 말했다.

「당신네 풀이 좀 이상한 것 같은데……..」

그는 아주 진지한 표정으로 경비원에게 등을 돌리고는 풀 속
을 들여다보았다.

「이리 와서 당신도 한번 보라구.」

사나이는 보란 옆으로 다가와서 어리석게도 풀을 들여다보면
서 권총으로 수면을 가리켰다.

「이거, 아무래도……..」

사나이는 더 이상 말을 잇지 못하고 피거품을 쏟았다. 권총은
힘없이 풀 속으로 가라앉았다. 그 남자는 갑자기 일어난 일에 깜
짝 놀라 자기의 찢어진 목에다 손을 대고는 그대로 권총의 뒤를
쫓듯이 물 속으로 떨어졌다. 이미 붉게 물들여진 물 속에서 피거
품은 거의 보이지 않았다. 보란은 한쪽 무릎을 꿇고 피묻은 나이

프를 풀 속에서 씻어낸 뒤 심호흡을 하고는 그것을 칼집에 넣었다. 사나이의 몸은 물 속에 가라앉아 보이지 않았다. 보란은 일어서서 전화선과 전선을 찾으며 집 쪽으로 걸어갔다.

그는 절단기를 꺼내 먼저 전선을 자른 후 이어 전화선을 절단해 버렸다.

갑자기 집 안에서 소란스러운 소리가 났다. 뒷문이 열리고 중년의 가정부가 예쁘게 장식된 앞치마에 신경질적으로 손을 닦으며 나왔다. 그녀는 당황한 눈으로 보란을 보고는 화가 나서 외쳤다.

「도대체 어떻게 된 거예요?」

「잠깐 전선을 수리하고 있는 중이오, 아주머니.」

보란은 변명조로 웃으며 말했다.

「하필이면 이런 시간에…….」

그녀는 정말로 화가 난 얼굴로 말했다.

「지금 한창 식사 준비를 하고 있는 중이란 말이에요. 앞으로 얼마나 걸리죠?」

보란은 그녀의 질문에 대답하지 않았다. 그때 경비원 한 명이 흥분해서 문 앞에 나타났다.

「모조리 나갔군!」

그는 손에 권총을 들고서 화가 나서 말했다.

「그 권총은 뭐요?」

보란이 물었다.

「권총으로 나를 쏴버리면 전기는 어떻게 고칠 건가요?」

사나이는 그를 노려보고는 권총을 다시 권총집에 넣었다.

「언제까지 기다려야 하는 거요?」

그가 노골적으로 불평을 하며 보란에게 물었다.

「두 사람만 거들어 주면 곧 고칠 수 있을 거요.」

사나이가 급히 고개를 끄덕였다.

「내가 도와 주겠소. 어떻게 하면 되지?」

「두 사람이 있어야 되겠는데.」

보란이 고집했다.

「또 한 명이 밖에 있을 거요.」

「그에게는 다른 일을 부탁했소.」

즉흥적으로 이렇게 대답한 후 보란은 사나이의 얼굴을 똑바로 바라보며 진지하게 말을 이었다.

「두 사람이 필요한데.」

「사람이 없는 걸 어떻게 해!」

사나이가 화가 나서 소리쳤다.

「지금 여기엔 아무도 없단 말야. 그러니 사람이 필요하면 당신이 데리고 오시오!」

「알았소.」

보란은 사나이의 팔을 잡고 그를 풀 쪽으로 데리고 갔다. 그리고 가정부는 집 안으로 되돌아갔다.

「잘하면 우리끼리 할 수 있을 거요. 문제는 풀 쪽에 있소. 저기…….」

경비원은 핏빛으로 물든 풀장을 보자 얼굴빛이 새하얗게 변해서 소리쳤다.

「아니, 이게 어찌된 일이오?」

「전자 바람이오, 알겠소?」

보란이 정색을 하며 말했다.

「풀에서 메인 케이블에 누전이 일어났단 말이오. 이쪽으로 오시오. 내가 보여 주겠소.」

그는 풀의 가장자리로 걸어가 물 속을 들여다보았다.

경비원이 천천히 보란의 옆으로 다가왔다. 권총을 쥔 손을 늘어뜨리고 그는 맥 보란의 옆에 섰다. 한 손을 목에 얹고 그 사나이는 믿을 수 없다는 표정으로 붉은 물과 떠 있는 천막을 바라보았다.

「전자란 것은 무서운 작은 악마요.」

보란이 진지하게 덧붙였다.

「당신도 알고 있겠지만 원자의 힘이지!」

「나는 잘 모르겠는걸.」

경비원이 중얼거렸다. 그의 손이 권총의 방아쇠를 당기려 하였으나 보란의 손이 더 빨랐다. 잭나이프가 반원을 그리며 권총을 쥔 사나이의 손의 정맥과 동맥, 그리고 힘줄을 한꺼번에 끊어버렸다. 사나이는 비명을 지르며 뒤로 물러섰으나 기다란 나이프는 이미 사나이의 배에 깊숙이 꽂혀 있었다. 보란은 한 손으로 나이프를 뽑아 들고 다른 한 손을 사나이의 등에 대고 살짝 밀자 검붉은 물은 또 한 명의 손님을 삼켜 버렸다.

보란은 다시 한 번 나이프를 물에 씻으며

「성스러운 전쟁에 도덕이란 없다!」

고 중얼거렸다. 그리고는 집 쪽으로 되돌아갔다.

가정부가 문 앞에 서 있었다.

「왜 아직도 불이 안 들어오죠?」

그녀가 불평을 했다.

「이제 곧 들어올 겁니다. 실례지만 집 안도 좀 봐야 되겠군요.

괜찮겠죠?」

보란이 말했다.

그녀는 고개를 끄덕이고는 보란을 안으로 안내했다. 보란은
안으로 들어가 부엌을 들여다보았다.

「이게 무슨 냄새죠?」

「냄비가 타고 있나 봐요!」

여인이 놀란 듯이 대답했다.

「아니에요, 무언가가 잘못된 것 같군요. 아주머니는 밖으로 나
가는 것이 좋겠어요. 집에서 되도록 멀리 떨어진 곳에 있는 게
좋을 거요.」

그녀는 알았다는 듯이 고개를 끄덕이고는 문 쪽으로 뛰어갔
다.

「집 안에 누가 또 있나요?」

그녀는 고개를 가로젓고는 서둘러 밖으로 나갔다. 보란은 재
빨리 부엌을 빠져 나와 식당을 지나 계단을 올라갔다. 그는 잭나
이프를 뽑아 들고 침실에서 침실로 뛰어다니며 집 안에 있는 모
든 매트리스를 머리에서 발끝까지 베어 버렸다. 그 일을 해치우
는 데는 2분도 채 걸리지 않았다. 거실을 지나면서 그는 벽에 걸
려 있는 월트 시모어의 커다란 초상화를 보았다. 그는 그것을 차
갑게 바라보고는 32구경을 꺼내어 두 눈을 쏘아 꿰뚫었다. 그리
고 탄환을 새로 장진하여 허리에 차고 나와 잔디밭에 서 있는 가
정부에게로 갔다.

「폭발 소리가 났어요!」

그녀가 흥분해서 소리쳤다.

「그래요, 아주머니.」

보란은 그 이상 아무 말도 하지 않고 그녀의 옆을 지나갔다. 여자가 그의 뒤를 따라오며 숨이 찬 소리로 물었다.

「소방서에 전화하는 것이 좋지 않을까요?」

「그럴 필요 없어요, 아주머니.」

보란이 반사적으로 그녀를 뒤돌아보며 말했다.

「아주머니도 이 집 가족인가요?」

그녀는 고개를 저으며 떨리는 목소리로 말했다.

「나는 여기서 일을 하고 있어요.」

「그렇다면 다른 곳에서 일자리를 찾는 게 좋을 겁니다. 되도록 빨리!」

「왜요?」

「왜냐하면 당신의 주인은 오래 살지 못합니다. 그리고 그에게도 그렇게 전해 주시오!」

보란은 작은 가방의 밑바닥에서 무엇인가 금속으로 된 것을 꺼내더니 그것을 그녀의 손에 쥐어 주었다.

「이게 뭐죠?」

여인이 놀란 눈으로 그를 보며 물었다.

「그것을 시모어 씨에게 전해 주시오. 그리고 맥 보란이 주더라고 말하세요. 그리고 또 그의 차례가 되면 간단히 해치울 것이라는 말도 전해 주시오. 이것으로 간단히 말입니다. 아시겠어요?」

그녀는 고개를 끄덕이며 그로부터 받은 물건을 잠시 살펴보았다.

「우리 아들도 이런 것을 하나 갖고 있어요.」

그녀가 멍청히 말했다.

「이것은 명사수에게 주는 배지죠?」

「맞아요. 그것을 시모어에게 전해 주고 내가 한 말도 전해 주세요.」

「당신 전기 회사에서 나온 사람이 아니지요?」

그녀는 이제야 뭔가 좀 알겠다는 듯이 말했다.

「네, 아주머니. 이제 집 안으로 들어가도 괜찮습니다. 그리고 내 부탁 잊지 마십시오.」

보란은 서 있는 그녀를 남겨 두고 잔디밭을 가로질러 담을 뛰어넘어 차로 돌아왔다. 그는 도구와 작업복을 트렁크에 넣고 운전석에 앉아 담배에 불을 붙이고는 조용히 자기의 양손을 내려다보았다. 손이 약간 떨리고 있었다. 그러나 걱정 없다고 그는 자신에게 타일렀다. 지금은 떨려도 괜찮을 때다. 그는 시동을 걸어 좁은 자갈길을 천천히 달렸다. 지금쯤은 분명히 대소동이 일어났을 것이다. 이제 곧 신문들이 떠들어댈 테고 그러면 경찰은 더욱 압력을 가해올 것이다. 한 미치광이가 피츠필드의 거리를 휘젓고 다닌다고 신문은 써댈 것이다. 보란은 싱긋 웃으며 언덕을 올라가 포장된 고속도로로 나갔다. 미치광이는 동기를 찾고 있는 것이다. 그러나 중요한 것은 지금 마피아의 내부가 지하실에서부터 지붕 꼭대기까지 뒤흔들리고 있다는 것이다. 그들이 얼마나 약점투성이인가를 보란은 세상에 보여 주었다. 싸움은 크게 퍼져 나갈 것이다. 그러나 싸움은 극히 개인적인 것이었다. 이것은 냉혹히 수행되는 한편의 살인 계약의 문제가 아니다. 싸움은 감정의 싸움이며 공포와 끊임없는 죽음의 유희인 것이다. 그것은 바로 보란의 특기이기도 했다. 그는 전문적으로 그러한 싸움을 해왔었다. 마태들도 이제야 그것을 깨달았을 것이다. 드디어 맥 보란은 마피아의 아성으로 뛰어든 것이다.

11
동업자

보란은 공중 전화로 중앙 경찰국에 전화를 걸었다.

「웨더비 형사부장을 부탁합니다.」

그가 교환수에게 말했다.

잠시 후 귀에 익은 형사의 굵은 목소리가 들려 왔다.

「웨더비입니다.」

「보란이오.」

「오, 자네 지금 어디서 전화 걸고 있는가, 보란?」

「나를 찾으려는 생각은 하지 않는 게 좋아요. 나는 단지 계약 상품이 아직 살아 있다는 것을 당신에게 알려 주고 싶었소.」

「아, 알겠네. 그런데 자네 그 동안 무척 바빴더군. 그렇지 않았나?」

「발칵 뒤집혔소?」

보란이 큰 소리로 웃으며 물었다.

「아니, 그 정도는 아니었네. 그런데 자네에게 체포 영장이 나왔어. 방화, 폭행, 폭행을 위한 가택 침입, 살인…… 계속할까?」

「아니오. 그것으로 충분하오. 오늘이 끝나기 전에 그것보다 죄목이 더 많아질 거요.」

형사의 목소리는 매우 괴로운 듯 떨려 나왔다.

「자네 왜 나에게 전화했지?」

「부탁이 하나 있어서요.」

「오, 자수라도 할 생각인가? 내가 자네에게 해줄 수 있는 최선의 방법은 그것뿐이야. 보호 감시를 해주겠네.」

이 말에 보란은 웃음을 터뜨렸다.

「천만의 말씀이오. 내 동생을 병원에서 경찰로 옮겨 달라는 부탁을 하기 위해서요.」

「자네 동생은 오늘 아침에 벌써 옮겨 놓았네.」

「그거 정말 고마운데요?」

보란은 놀라 말했다.

「그럼, 나는 많은 것을 생각하니까.」

형사가 말했다.

「자넨 이것으로 세상으로부터 고립된 거네. 이제는 자네 혼자뿐이라구. 알겠나?」

「아마 그럴 거요.」

「이제 자네는 전세계와 싸우는 거야. 모든 사람이 자넬 뒤쫓고 있어. 군대까지도 말야. 지금까지 연방 수사국에서 와 있다 갔네.」

「일찌감치 그들의 힘을 빌리겠단 말이군요?」

「아니, 내가 그들에게 알린 게 아니야. 아마 정치적으로 영향

력 있는 사람이 압력을 넣었겠지. 그들은 지금 겁을 잔뜩 먹고
있다네.」

「당신은 왜 내게 전혀 화를 내지 않죠, 웨더비?」

「무엇 때문에 화를 내겠나? 나는 통쾌해서 소리라도 지르고
싶다네. 물론 자네에게만 하는 소리지만. 보란, 사실은 속으로는
자네의 행동에 박수를 보내는 사람이 많네. 그렇다고 해서 동정
은 기대하지 말게. 법률상의 문제에 관한 한 자네는 그 친구들과
조금도 다를 게 없이 취급될 테니까. 이것만은 분명히 말해 두지
만 말야…… 아, 잠깐 기다려 주게.」

보란은 웨더비가 누군가와 얘기하는 것을 들을 수 있었다. 잠
시 후 그는 다시 수화기를 들고는,

「자네 조금 전에 포탈 지구에 갔었나?」

하고 물었다.

그 소리는 약간 냉랭하게 들렸다.

「그런 것 같은데요?」

「월트 시모어의 집 근방이지?」

「맞는 것 같소.」

「음, 그렇다면…….」

그는 다시 옆사람과 무슨 말인가를 주고받더니 다시 보란에게
말했다.

「이것으로 자네는 일급 살인 두 건을 추가하게 되었어. 보란,
이제 그만하고 자수하게. 이건 너무 지나치단 말야!」

「아직 멀었어요.」

「뭐라구?」

「지나치다니, 천만의 말씀이오. 이제 비로소 전쟁의 시작일 뿐

이오. 웨더비, 그것은 당신도 잘 알고 있지 않소? 그리고 사복 경찰 따위는 보내지 마시오. 절대로 안전하다고 믿어지지 않는 한 내게 덤비는 놈들은 누구를 막론하고 쏴버릴 테니까 말이오.」

「경관을 쏘거나 하진 않겠지?」

「일부러 쏘진 않을 것이오. 시간이 없어서 이만 끊어야겠소.」

「보란, 방금 들은 정보를 자네에게 알려 줘야겠네.」

「흥미있는 거라면.」

「이 정보가 자네 마음에 들지 모르겠네. 계약이 확대됐어. 자네의 목에 10만 달러의 상금이 걸려 있다네. 지금 동부 지방의 살인업자들이 총동원되어 자네를 찾고 있다구. 알겠나, 보란?」

「그만큼 놈들은 벌벌 떨고 있다는 말이군요.」

「이 멍청한 친구야! 자네가 무슨 짓을 저질렀는지 알고 있나? 동부 10개 주의 살인업자들이 이 도시로 모이고 있단 말야.」

「그것이 바로 내가 원하는 바요.」

보란은 딱 잘라 말했다.

「이젠 경찰도 가만히 쳐다보고만 있을 수는 없지 않겠소?」

「보란, 자네는 미쳤어!」

「내가 놈들을 끄집어냈으니 이젠 당신들이 그놈들을 좀 어떻게 하란 말이오!」

「우린 자네에 대해서도 조치를 취할 걸세.」

형사의 화가 난 목소리가 수화기를 통해 들려 왔다.

「그러니까 우린 서로 이해한다는 거군요.」

맥 보란이 담담하게 말했다.

「그래, 우리는 서로 이해하고 있지. 그러나 보란……」

「듣고 있소.」

「경찰은 쏘지 말게.」

「나도 경찰을 쏘고 싶지는 않소.」

「그러는 게 좋아. 내가 말했듯이 자네에게 동정을 보내는 사람도 많아. 우리 경찰 중에서도 말이야. 그러나…….」

「우린 서로 이해하고 있지 않소?」

보란은 차갑게 이 한마디를 하고는 전화를 끊었다. 그는 싱긋 웃으면서 차로 돌아왔다. 그의 시계는 4시 40분을 가리키고 있었다. 지금 출발하면 시간에 맞춰 플래스키 앤터프라이스로 갈 수 있을 것이다. 그는 차를 운전하면서도 웨더비 생각을 하면서 웃었다. 진지하고 정직한 그에게 미안한 생각이 들었다. 사람을 이해한다는 것은 좋은 일이라고 보란은 생각했다. 남을 이해한다는 것은 전쟁에 있어서도 매우 중요하다. 실제로 그것보다 더 중요한 것은 없다. 그리고 지금 보란은 마피아에 대한 이해——재정상의 이해——를 필요로 하고 있다. 그는 차를 회전시켜 똑바로 금융 회사를 향해 달렸다.

12
약 탈

5시 5분 전에 보란은 문을 밀고 들어와 문을 잠근 다음 블라인드를 내렸다. 접수 데스크의 여자가 깜짝 놀라 그를 바라보았다. 보란은 터린에게서 받았던 플라스틱으로 된 신분증을 여자에게 보여 주었다.

「오늘 업무는 끝났는데요.」

그녀가 사무적으로 말했다.

보란은 상담실 쪽을 바라보며 성급히 물었다.

「안에 누가 있나?」

「토머스 씨뿐입니다.」

여자가 더듬거리며 말했다. 이때 칸막이 뒤쪽에서 다른 여자가 얼굴을 내밀었다. 보란은 시선을 곧 그 여자에게로 돌렸다.

「당신이 출납계원인가?」

「네, 그렇습니다만…….」

여자가 놀라서 대답했다.

「오늘 계산은 다 끝났나?」

그녀가 고개를 끄덕거렸다.

「네, 지금 막 끝났습니다.」

보란은 칸막이 뒤로 들어섰다.

「서류와 현금을 모두 토머스 씨 사무실로 가지고 들어와.」

그는 접수 데스크의 여자를 잡아 일으켜 조용히 토머스의 사무실 쪽으로 등을 밀었다.

「안에 들어가서 토머스에게 불시 감사니 장부를 전부 준비해 두라고 말해. 모두 책상 위에 꺼내 놓으라고 말야.」

여자가 그에게로 돌아서며 말했다.

「저, 당신의 이름을 잊었는데요……」

「플래스키 사무실에서 온 사람이라고 말해.」

그가 소리쳤다.

「빨리 서둘러! 시간이 없어.」

여자는 고개를 끄덕이고는 거의 뛰듯이 사무실로 들어갔다. 보란은 출납계의 여자가 금고에서 꺼내는 현금을 나무 쟁반 위에 쌓기 시작했다.

잠시 후 두 사람이 요란스럽게 문을 박차고 들어왔다. 지배인인 토머스는 얼굴을 찌푸리며 보란을 쳐다보면서 말했다.

「당신이 누군지 잘 모르겠는데요?」

「몰라도 돼.」

보란이 그의 말을 가로막았다.

「생각해서 알 수 있을 정도로 당신은 여기서 오래 일하지 않았잖아.」

그는 엄지손가락으로 커다란 강철문을 가리켰다.

「금고를 열어!」

젊은 남자의 얼굴에는 망설이는 빛이 역력히 나타났다.

「당신의 신분증을 보여 주시겠습니까?」

보란은 다시 한 번 플라스틱 카드를 꺼내어 아주 잠깐 동안 그의 눈앞에 내밀어 보이고는 다시 집어넣었다. 보란은 갑자기 웃으며 친밀한 얼굴로,

「이봐, 그렇게 긴장할 필요는 없어.」

하고 말했다.

「불시에 감사를 나가면 당신들도 정신을 차릴 것이라고 플래스키는 생각하고 있어. 걱정할 것 없어. 자아, 빨리 끝내고 싶으니까 금고를 열어 주게.」

토머스는 주저하면서 금고의 번호를 돌리기 시작했다. 그가 커다란 손잡이를 돌리자 금고의 문이 열렸다.

「현금은 얼마나 되나?」

보란이 급히 물었다.

출납계의 여자가 지배인에게 종이 테이프를 건네 주자 그는 그것을 보면서 말했다.

「4만 2698달러 40센트…….」

「잠깐, 그런 숫자를 묻고 있는 게 아냐. 〈비밀 자금〉을 말하는 거야, 토머스. 그런 잔돈 같은 건 아무래도 좋아.」

보란은 위엄 있게 말했다.

젊은 남자는 눈을 깜박이고는 금고 쪽으로 걸어가서 다시 그 안쪽의 문을 열고 커다란 가죽 가방을 꺼냈다.

「왜 처음부터 그렇게 말하지 않았습니까?」

그가 불평하며 말했다.

「열어!」

보란이 명령했다.

토머스는 금고 안의 어딘가에서 열쇠를 꺼내어 열쇠 구멍에 끼워 넣었다. 그리고는 보란의 어깨 너머로 사무실 복도 중앙에 어색하게 서 있는 두 여자에게 눈짓을 했다. 보란은 그 뜻을 알아차리고 말했다.

「아가씨들은 사무실 밖에서 기다리지.」

두 여자는 서로 힐끔 쳐다보고는 밖으로 나갔다. 토머스가 그의 책상 위로 가방을 운반해 놓고 보란을 쳐다보았다.

「나는 당신이 이 돈을 세라는 말을 하지 않았으면 좋겠소.」

그가 지긋지긋하다는 듯이 말했다.

「모두 얼마지?」

「25만 달러요.」

「틀림없겠지?」

지배인은 고개를 끄덕이고는 쌓여 있는 지폐 다발의 맨 위에서 한 장의 종이를 꺼내 보란에게 넘겨 주었다. 보란은 그것을 읽는 척하며「흠! 흠!」하고는 금고 쪽으로 다가갔다.

「당신이 찾고 있는 게 정확히 뭡니까?」

토머스가 물었다.

「이리 와보게. 내가 보여줄 테니까.」

보란은 그 남자가 가까이 다가오자 그의 멱살을 잡아 금고의 쇠벽에 세차게 머리를 밀어붙였다. 그는 무릎을 꺾으며 앞으로 고꾸라졌다. 보란은 장부와 서류들을 사무실 바닥에 던져 버렸다. 그리고 금고 속의 서류들도 모두 바닥에 쏟아 놓고 현금만 책상 위에 있는 가방에 넣었다. 그는 금고 문을 닫은 후 라이터로 바닥에 널려 있는 서류에 불을 붙여 던지고는 가방을 들고 두 여자가 기다리고 있는 곳으로 나왔다.

「서류를 전부 꺼내서 바닥에 펼쳐봐.」

그가 큰 소리로 말했다.

여자들은 서로 얼굴을 쳐다보며 떨리는 손으로 서랍을 열고 서류를 카운터 위에 쌓기 시작했다.

「그렇게 정리할 필요는 없어.」

보란은 거칠게 말했다. 그는 카운터 위의 서류들을 손으로 쓸어 내리고는 벽에 붙은 강철 캐비닛의 서랍을 차례로 뽑아 바닥에 내던졌다. 조금 있으면 불은 이쪽으로 타 들어올 것이다. 여자들은 비로소 그가 누구인가를 안 것 같았다. 보란은 한 여자의 손에 저격수의 메달을 쥐어 주며 말했다.

「플래스키에게 말해. 맥 보란에게 이런 건 식은 죽 먹기라고 말야, 알겠지?」

「뭐라구요?」

「그렇게만 전하면 돼. 그리고 여기가 불바다가 되기 전에 지배인을 금고에서 꺼내 주는 게 좋을 거야. 그리고 플래스키에게 돈을 잘 쓰겠다는 감사의 말도 꼭 전해.」

그는 현금이 들어 있는 가방을 들고 문을 열었다. 기다렸다는 듯이 여자들은 금고가 있는 사무실로 뛰어 들어갔다.

보란은 껄껄거리며 밖으로 나왔다. 그는 범행의 현장에 다시 나타났으며 그리고 그곳에서 또 하나의 범행을 저질렀던 것이다.

마태들이 이 사실을 알면 어떻게 할 것인가? 그들은 빼앗긴 돈 때문에 화가 나서 미친 듯 날뛸 것이다.

보란은 마피아를 화나게 하는 방법을 알고 있었다. 보란은 유유히 걸어가 그의 차에 올라타고는 시동을 걸었다. 그는 집에 돌아올 때까지 터져 나오는 웃음을 참지 못했다.

13
종횡 무진

시모어는 분통이 터질 지경이었다.

「그 자식을 어떻게 해치워야 되는 거야! 그놈은 미친 듯이 날뛰고 있어. 우리 지역을 파고들어 마구잡이로 불을 지르고, 죽이고, 그리고…… 어휴!」

「자넨 지금 누구한테 불평하는 거야!」

터린이 쏘아붙였다.

「자네 때문이야! 그 자식은 자네 수하에 있었는데도 자넨 멍청하게 놈이 가짜라는 것도 몰랐잖아! 자네가 그 화냥년들과 드러누워 시시덕거리고 있는 동안에 어떤 일이 생겼는지 잘 알고 있겠지?」

말이 채 끝나기도 전에 터린이 뛰어오르며 시모어에게 주먹을 날렸다. 시모어는 재빨리 몸을 피하며 몇 걸음 뒤로 물러서면서 콜라병을 손에 들고 공격 태세를 취했다. 플래스키가 팔을 휘저으며 그들의 싸움을 말렸다.

「그만, 그만 해! 이렇게 되면 놈의 계략에 빠진다는 것을 모르나? 놈이 우리를 이간시키려고 그러는 거야. 자, 이제 그 정도로 해두라구!」

레오 터린의 입술은 분노로 떨리고 있었지만 그는 곧 어깨를 움츠리며 자리에 앉았다.

「미안해, 레오.」

시모어가 가라앉은 목소리로 말했다.

「계집들 얘기는 내 본심으로 한 것이 아니었어.」

터린은 묵묵히 머리를 끄덕이며 불쾌한 듯이 구두 끝만 바라보고 있었다.

「25만 달러 때문에 그 분이 무척 화를 낼 텐데…….」

플래스키가 침묵을 깨고 말했다.

「그것을 다시 찾아내야 해!」

시모어가 말했다.

「물론!」

터린도 맞장구를 쳤다.

「난 그놈의 얼굴조차 기억이 나지 않아. 겨우 두 번 만났을 뿐이니까……. 그것도 불과 몇 분간이었어. 놈은 우리 조직의 돈이 그 금고 안에 있다는 걸 어떻게 알았을까?」

플래스키가 무언가를 생각하는 듯 조심스럽게 말했다.

「모르고 있었나? 그놈은 유령이야! 유령이 아니고서야 그런 것까지 어떻게 알아냈겠나?」

터린이 넋두리처럼 투덜거렸다.

「집어치워!」

시모어가 짜증스럽다는 듯 소리쳤다. 그리고 시계를 들여다봤다.

「이제 곧 다른 멤버들이 나타나겠군.」

터린은 말없이 일어나 버번 위스키를 잔에 따르고 얼음을 넣어 자리로 돌아와 앉았다. 그리고 그는 심각한 얼굴을 하고 그것을 홀짝거리다 입을 열었다.

「문제는…… 자네들은 그놈에 대해 잘 모르고 있다는 점이야. 사실 난 점점 자신이 없어져. 소름이 끼쳐. 그놈은 군대에서도 살인 기계였어. 언젠가 놈과 꼭 닮은 중사를 만났는데 그놈도 무서운 놈이었어. 보란은 꼭 그놈을 닮았어. 내가 보란에 대해 느끼는 것은…….」

「그만 집어쳐!」

시모어가 끙끙거렸다.

「그게 아니야. 명심해야 돼. 그놈에게 이기려면 그놈을 잘 알아야 돼. 놈은 불과 서너 시간 동안에 그 어려운 일을 모두 해치웠단 말이야. 마치 시한 폭탄과도 같은 놈이라구. 순식간에 궁전을 불태웠고, 8000달러짜리 승용차를 박살냈고 나를 혼비 백산하게 만들어 놓았고, 제이크의 다리를 뚫어 놓았어. 놈은 무슨 일이든 닥치는 대로 해치우고 있어.」

그는 말을 멈추고 술을 한 모금 마신 후 말을 이었다.

「그리고 도망쳤는가 싶었더니 몇 분 후에 우리 집에 나타나 아내와 태연하게 지껄이고 갔어. 그놈은 아내에게 뭔가 이야기를 한 것 같아. 그리고 그놈은 시모어의 저택으로 가 풀장을 새빨갛게 물들여 놓고 폴과 토니의 몸뚱이를 풀장에 처박았어. 그리고 전화선과 전선까지 잘라 놓고 침대를 난도질하고 갔어. 또 시모

어가 애지중지하는 유화에다 총을 다섯 발이나 쏘았어. 그러나
놈은 그것으로 끝내지 않았어. 우리의 비밀 자금 25만 달러를 갖
고 유유히 잠적했어. 내가 알고 있는 그놈과 비슷한 중사는 싱가
포르에 있는 모든 창녀들과 공짜로 자겠다고 떠벌이고는 실제
그렇게 했어. 그놈과 꼭 같은 놈이라구!」

「이제 끝났나? 자네의 감탄이?」

시모어가 차갑게 내뱉었다.

「그래서 나는 우리들이 잠시 이곳을 피하는 게 좋겠다는 의견
을 간부 회의에서 제안할 작정이네. 어쨌든 우리는 시간을 벌어
야 해. 우리가 계약한 살인 청부업자들에게 이곳을 맡겨 두고 잠
잠해지면 그때 돌아오면 돼.」

플래스키는 말도 안 된다는 듯한 표정이었고 시모어도 차가운
눈으로 터린을 노려보았다. 그때 문이 열리고 나이 많은 한 사나
이를 선두로 하여 네 명의 보디가드가 그 뒤를 따라 들어왔다.

그것을 본 방 안의 세 사람이 급히 일어섰다. 이어서 네 명의
보디가드들이 적당한 위치에 서자 온화한 얼굴에 나이가 60 가
까이 되어 보이는 백발의 사나이는 방 안에 있던 세 사람과 악수
를 하였다. 그의 부드러운 눈매와 따뜻한 손은 세 사람에게 안도
감을 주었다. 그는 테이블의 맨 윗자리에 앉았다.

「도대체 어떻게 된 일이야?」

백발의 사나이는 이렇게 말하면서 세 사람의 얼굴을 번갈아
돌아보았다.

「보란이라는 자의 짓입니다.」

시모어가 흥분하여 말했다.

「살인 지시는 실패했습니다. 필라델피아에서 온 살인 청부업

자에 대한 정보가 샌 것 같습니다. 오히려 우리 쪽의 두 명이 당했습니다.」

「알고 있네.」

백발의 사나이가 조용히 말했다.

「놈은 완전히 미쳤습니다.」

플래스키가 끼여 들며 말했다.

「놈은 시내를 돌아다니며 쑥밭을 만들어 놨어요. 내 사무실을 개판으로 만들어 놓고는 25만 달러를 갖고 사라져 버렸어요.」

「놈은 제 궁전을 불태워 버렸고 제 아내에게 협박을 했습니다.」

터린이 밑을 내려다보며 말했다.

「제 부하 두 명도 죽었습니다. 그리고 집안을 난장판으로 만들어 놨습니다.」

시모어도 쉰 목소리로 말했다.

「난장판이라구?」

「풀에 붉은 물감을 풀어 넣고 천막을 두 개나 부숴 버렸어요. 전선과 전화선도 끊어 버렸고 게다가 집안의 침대란 침대는 모두 난도질해 버렸어요.」

그가 어깨를 움찔하고는 말을 이었다.

「정말 난장판을 벌인 겁니다.」

「그리고 그의 유화 수집품에도 총알을 박아 놓았죠.」

터린이 빈정대는 투로 시모어를 가리키며 덧붙였다.

「거실 벽에 걸려 있던 그의 초상화에다 말입니다.」

「그게 한 사람의 짓인가? 아니면 1개 부대의 짓인가?」

백발의 사나이가 화가 난 듯 눈썹을 치켜 뜨며 말했다.

「미친 놈 혼자의 짓입니다.」

시모어가 씩씩거리며 대답했다.

「세르지오님, 놈을 어떻게 해서든지 처치해야 합니다.」

「자네는 지금까지 어떻게 그의 행동에 대처해 왔나?」

세르지오라고 불리는 백발의 사나이가 말했다.

세 사람은 할 말을 잃고 서로를 쳐다보며 서 있었다.

「겁이 나서 숨어 있었겠지.」

세르지오가 조용히 기침을 했다.

「조직이 이렇게 겁쟁이가 되어 버리다니. 단지 애송이 한 놈이 조직 전체를 뒤흔들어 놓을 정도로 우리 조직이 무력해졌단 말인가?」

「그놈은 보통이 아닙니다.」

터린이 변명처럼 중얼거렸다.

「전에도 어떤 중사를 한 명 만났었는데……」

「제발 자네의 창녀들이나 골려 먹는 중사 얘기는 집어치워!」

시모어가 소리쳤다. 터린이 그를 칠 듯이 주먹을 불끈 쥐며 말했다.

「또 한 번 나의 창녀들에 대해서 함부로 주둥아릴 놀리기만 해 봐. 그땐 이 주먹을 네 아가리에 쑤셔 넣어 버릴 테다.」

「잠자코 있어, 레오폴드!」

세르지오가 큰 소리로 말했다.

「왜 자네들은 만나기만 하면 서로 헐뜯곤 하지? 우리에겐 처치해야 할 공동의 적이 있지 않나?」

그는 손가락으로 시모어를 가리켰다.

「그리고 이것은 결과적으로 자네의 책임이야. 월트. 알고 있나? 처음의 실수는 자네가 놈을 조직에 끌어들여 우리들의 내막을 놈이 알게 했기 때문이야. 현재는 놈이 유리해. 우리는 무슨 방법을 써서라도 놈을 찾아야 돼. 그렇게 하려면 돈도 많이 들거야.」

세르지오가 이렇게 말하자 터린도 덧붙였다.

「난 처음부터 놈이 수상하다고 생각했었어. 플래스키가 놈을 끌고 왔을 때부터 수상하게 생각되어 놈의 꼬리가 드러나길 기다리고 있었단 말야!」

시모어가 소리쳤다.

「엉뚱한 소리 집어치워!」

터린이 시모어에게 덤벼들 듯이 소리쳤다.

「그래, 놈에게 정체를 드러내게 한 건 누구야?」

「시끄러워!」

백발의 사나이가 말했다.

「누가 실수를 했건간에 그건 끝난 얘기야. 앞으로 만약 실수하는 자가 있다면 가족 총회에서 끝장을 내어 강물에 처넣어 버릴 거야. 내 말 알아듣겠나?」

「알겠습니다. 세르지오님.」

터린이 기가 죽어 대답했다.

「자네들은 왜 대답이 없나?」

세르지오가 노여움이 가득 찬 눈으로 다른 두 사람을 바라보았다.

「물론입니다, 세르지오님!」

시모어가 급히 대답했다.

「알겠습니다, 세르지오님!」

플래스키도 황망히 대답했다.

「20년 전 같았으면, 너희들 같은 겁쟁이하고는 테이블에 같이 앉지도 않았을 거야.」

세르지오가 준엄하게 말했다.

「모두 내 말을 명심하게. 나는 보란을 죽이기 위해서 살인 청부업자들을 도처에 풀어 놓았어. 그렇다고 너희들이 방심해서는 안 돼. 너희들에게는 돈과 능력, 그리고 권력이 있어. 게다가 너희들은 우리 조직의 간부란 말이야. 그런데 어째서 내가 직접 손을 대야 하지? 보란이란 놈이 이 세르지오의 목을 노리기 때문이라고 생각하나? 천만에. 놈이 노리는 것은 월트 시모어와 네트 플래스키와 레오폴드 터린이야. 그놈은 이 세르지오가 있다는 것조차 모르고 있어.」

그는 뒤에 서 있는 보디가드에게 마실 것을 가져오라고 말했다. 사나이는 급히 뛰어가 글라스에 와인을 따라서 가져왔다. 세르지오는 그것을 한 모금 마시고는 말을 계속했다.

「이 세르지오는 너희들의 목을 지켜 주기 위해서 10만 달러의 거액을 내걸었어. 너희들의 안전을 위해 신경을 써주는 만큼 너희들도 열심히 일해야만 해. 알겠나?」

바로 그때, 방의 커다란 창문이 폭발 소리와 함께 크게 부서져 나갔고 세르지오에게 술잔을 가져다 준 사나이가 앞으로 고꾸라졌다. 이어서 강력한 라이플의 폭발음이 테이블 주위의 사나이들을 공격했다. 네 사람은 공포에 떨면서 테이블 밑으로 기어 들어갔다. 멀리서 날아오는 총알은 방바닥과 벽을 꿰뚫었다. 잠시 후 총소리가 갑자기 멈췄다. 터린은 고개를 들어 세르지오의 겁에 질린 눈을 바라보았다. 옆에서 플래스키와 시모어의 신음 소리가 들려 왔다. 네 명의 보디가드들은 넓은 방의 여기저기에 쓰러져 있었다.

「놈은 벌써 당신도 알고 있군요. 파더 세르지오.」

터린이 떨리는 목소리로 말했다.

세르지오는 얼굴을 찡그리며 흰 이빨을 드러낸 채 주먹으로 바닥을 내리치며 말했다.

「놈을 죽여!」

짜내는 듯한 날카로운 그의 음성이 방 안에 울려 퍼졌다.

「놈을 죽여! 알겠나? 놈을 죽여 버리란 말야!」

14
실 패

　보란은 다음 일에 착수하지 않으면 안 되었다. 맥 보란은 어디를 가나 한곳에 오래 머물러 있을 수는 없었다. 그는 야전용의 검은 복장으로 옷을 갈아입고 32구경 대신 45구경 군용 권총을 허리에 찼다. 그는 검은 스니커복에 검은 베레모를 쓴 자신의 모습을 거울에 비춰 보고는 히죽 웃었다. 몸에 꼭 끼는 옷은 우스꽝스럽게까지 보였다. 누가 본다면 아마 가면 무도회의 의상으로 생각할 것이 틀림없었다. 머린과 25만 달러는 이미 차에 실어 놓았다. 그는 아파트를 다시 한 번 점검하고는 사람이 살고 있던 흔적을 깨끗이 없애 버렸다. 그리고는 가방을 들고 밖으로 나왔다. 새벽 2시 20분이었다. 그는 곧 바로 레오 터린의 집으로 향했다. 그가 터린의 집에 도착한 것은 3시 조금 못 되어서였다. 터린의 집은 비교적 상류급에 속하는 집들이 서 있는 깨끗한 주택가에 있었다. 보란은 터린의 집 뒤쪽에 차를 세우고 담을 뛰어

넘어 집 뒤곁에 살짝 내려섰다. 몇 야드 앞에서 갑자기 개가 짖기 시작했다. 보란은 터린의 집 차고 지붕으로 올라가서 경사진 지붕에 엎드려 집 안의 동정을 살폈다. 그리고 보란은 집의 내부 구조를 머릿속에 그려 보았다. 일층의 창문에서 희미한 불빛이 새어 나오는 걸로 보아 욕실인 것 같았다. 그리고 또 다른 불빛이 이층 창문에서 새어 나오고 있었다. 보란은 터린에게 세 아이가 있다는 것을 기억해 내고는 침실의 배치를 생각해 봤다. 불빛이 새어 나오고 있는 이층 방은 갓난아기의 방이거나 아이들의 방일 것이다. 창문은 회전식 같았으나 보란이 있는 데서 보이는 창문은 모두가 잠겨 있었다.

누군가가 나와서 개를 달래고 들어가는 것 같았다. 보란은 잠시 상황을 살피다가 차고의 지붕에서 스페인제 기와를 떼내어 앞뜰을 향해 던졌다. 기와는 정원의 석축에 요란한 소리를 내며 떨어졌다. 보란은 눈을 크게 뜨고 모든 창문을 지켜보았다.

잠시 후 이층 맨 끝에 있는 창의 커튼이 흔들렸다. 흔들렸다기보다는 흔들리는 것 같았다. 보란은 또 한 장의 기와를 떼내어 아래로 힘껏 던졌다. 맨 끝 방의 불이 켜지더니 누군가가 커튼을 젖혔다. 레오 터린의 모습이 창가에 나타났다. 다시 커튼이 닫히더니 검은 머리의 여인이 침대에서 일어나 스탠드에 손을 가져가는 것이 보였다. 불을 켰을 때 당황하는 터린의 꼴을 생각하니 보란은 웃음이 나왔다.

그는 움직이지 않고 조용히 기다렸다. 이윽고 터린이 파자마 바람으로 나타나 천천히 그가 있는 쪽으로 다가왔다. 분명히 그는 문에서 나와 집 주위를 돌며 보란이 있는 곳으로 다가오고 있었다. 보란은 터린의 움직이는 모습을 가만히 지켜보고 있었다.

터린은 벌써 뒷문으로 돌아가는 모퉁이에 이르고 있었다. 그는 거기서 가만히 서 있었다. 무기를 갖고 있는 것이 틀림없었다. 두 사람은 그렇게 몇 분인가를 서로 찾고 있었다. 이윽고 무엇인가가 날아와 안뜰을 가로질러 차고의 벽에 부딪쳐 떨어졌다. 보란은 웃었다. 그것은 보란이 조금 전에 터린을 밖으로 끌어내기 위해 썼던 수법이었다. 터린의 모습이 사라졌다. 보란은 계속 어둠 속에서 조용히 기다렸다. 터린보다 높은 곳에 있는 그가 유리했다. 그리고 또 그에게는 유리한 점이 하나 더 있다는 것도 알고 있었다. 집 안에 있는 아내와 세 아이는 터린의 생명보다도 소중한 것이었다. 유사시에는 맨 먼저 총구를 겨눌 수 있는 좋은 목표다. 보란은 터린이 왜 여자와 아이들을 안전한 다른 곳으로 보내지 않았는지 궁금했다. 그러나 그런 것은 그와는 상관없는 일이었다. 터린이 반대쪽 모퉁이에 다시 모습을 나타냈다. 분명히 그는 본래 왔던 방향으로 되돌아가 상황을 살피면서 반대쪽으로 돌아온 것이었다.

보란은 새삼스럽게 이 용감한 시실리인에게 감탄했다. 적어도 그는 도전에 응해서 용감히 밖으로 나와 서 있는 것이다. 여자와 아이들을 데리고 다른 곳으로 피하지도 않았다.

「보란인가?」

보란은 고개를 흔들며 소리를 내지 않고 웃었다. 터린은 차고 쪽으로 발걸음을 옮겼다. 천천히 발을 옮기며 한 걸음마다 발을 멈추고 귀를 기울이며 주위를 살펴보았다. 그는 한 손에는 총을 쥐고 다른 한 손에는 회중 전등을 쥐고 있었다. 보란은 터린이 총과 회중 전등을 갖고 있다는 것에 대해 잠시 생각했다. 이윽고 터린은 차고를 지나 반대편 뜰로 향하고 있었다. 보란은 소리없이 비탈진 지붕을 미끄러져 내려와 훌쩍 땅으로 내려서더니 대담하게 건물을 향해 걸어갔다.

「보란인가?」

터린의 낮은 목소리가 들려 왔다. 훨씬 안쪽의 뜰에서였다. 보란은 발소리를 내지 않고 벽을 따라 돌아서 정면에 있는 입구의 계단을 올라갔다. 생각했던 대로 문은 조금 열려 있었다. 터린이 밖으로 나오면서 열어 두고 나온 것이리라. 그는 안으로 들어가 문 뒤에 숨었다. 터린은 언제까지 보란을 찾아 뜰을 헤맬 작정인가?

보란은 터린을 등 뒤에서 쏘고 싶지는 않았다. 두 사람 사이에는 일종의 우정 같은 것이 있었다. 적어도 보란은 터린을 죽일 때 정면에서 그의 눈을 보고 싶었다. 이치에 맞지 않는 생각인지는 모르지만 전쟁 자체가 어차피 이치에 안 맞는 것이다. 잠시 후 터린이 숨을 크게 쉬면서 안으로 들어와 문을 닫고는 잠갔다. 그 순간의 터린은 그를 노리는 사나이에게 등을 돌리고 서 있었다. 보란은 자기 총탄의 표적이 지금 무엇을 생각하고 있는지 궁금했다. 죽음을 눈앞에 둔 그는 마지막으로 무슨 생각을 하고 있을까?

보란은 가만히 다가가서 45구경의 총구를 터린의 목덜미에 갖다 대었다.

「알고 있었네.」

터린이 길게 한숨을 쉬며 말했다.

「문을 닫는 순간에 자네가 거기에 있다는 것을 알았어. 쏘지 말고 잠깐 기다려. 보란, 할 이야기가 있네.」

「여기서 해치울 수도 있지만 그렇게 하면 자네 부인이 청소하느라 애를 먹겠지?」

보란이 낮은 소리로 말했다.

홀 안은 어두웠으나 보란은 상대방의 얼굴이 굳어지며 경련을 일으키는 것을 보았다. 전에도 그는 그런 얼굴을 보았고 보란 자신도 그렇게 얼굴을 경련시킨 적이 몇 번이나 있었다. 그는 그것이 어떤 느낌이라는 것도 잘 알고 있었다. 몸의 구석구석에 있는 모든 근육이 불쾌하게 떨리면서 마지막 순간을 기다리는 그 기분을 보란은 더 이상 터린에게 맛보게 할 수는 없었다.

「총을 이리 주게, 레오.」

터린이 그의 손에 들고 있던 총을 마지 못해 보란에게 건네 주자 보란은 그것을 자기 등 뒤로 던져 버렸다. 총은 소리를 내며 바닥으로 떨어졌다.

「자네가 그런 마음을 갖고 있는 것은 무리가 아니라고 생각하네.」

터린이 조심스럽게 말을 꺼냈다.

「자네의 누이동생은 정말 좋은 아이였네, 보란.」

「그 따위 말은 집어쳐!」

보란은 차갑게 말하고 그의 45구경을 터린의 딱딱한 머리 부분에 밀어붙였다.

「문을 열고 밖으로 나가! 천천히, 아주 천천히!」

「어디로 가는 거지?」

터린은 거의 들리지 않을 정도의 목소리로 물었다.

「자네의 부인과 아이들에게 베푸는 마지막 호의라고 생각해.」

보란이 쉰 목소리로 대답했다.

바로 그때 천장의 불이 모두 켜지면서 홀 안이 갑자기 밝아졌

다. 보란은 반사적으로 뒤돌아보며 벽 쪽으로 뛰어갔다. 터린의
아내가 이층으로 올라가는 계단 중간에 공포에 질린 얼굴로 한
쪽 손을 올린 채 서 있었다. 보란은 새로운 적을 향해 그의 45구
경을 발사했지만 갑작스런 불빛 때문에 눈이 부셔 총알이 빗나
가고 말았다. 계속해서 또 한 방의 총소리가 방 안에 울려 퍼졌
다. 터린의 아내가 보란을 향해 쏜 것이었다. 보란은 불빛 때문
에 안델리나 터린의 손에 쥐어진 작은 총을 보지 못했었다. 그는
그 총소리와 어깨의 통증이 연관이 있다고는 생각하지 못했다.
그러나 본능적으로 자기가 총에 맞았다는 것을 알았다. 순간 터
린이 방바닥으로 몸을 날려 그의 아내 쪽으로 굴러가기 시작했
다. 아름다운 여인의 작은 총에 쫓겨 달아나면서 보란은 굴러가
는 터린을 향해 두 방 쏘았다. 그는 집의 모퉁이를 달려나오면서
피가 목을 타고 흘러내리는 것을 느꼈다. 그는 뛰면서 45구경을
허리에 찼다. 어깨가 타는 듯이 아팠으나 치명상은 아닌 것 같았
다. 그는 담을 뛰어넘고 옆집 뜰을 빠져 나와 도로로 나가려다가
요란하게 들려 오는 순찰차의 사이렌 소리를 들었다. 그는 자동
차를 타는 것을 단념했다. 이른 아침에 자동차를 타고 달린다면
틀림없이 검문에 걸릴 것이다. 그는 길을 가로질러 다시 다른 집
뜰을 지나 넓은 빈터로 빠져 나왔다. 지금 그에게 필요한 것은
여기에서 조금이라도 멀리 가는 것이다. 후회해도 소용없지만
그는 자신에게 「바보 같은 자식!」 하고 말했다. 그는 적과 친하
려 했던 것이다. 전쟁에 도덕 같은 것은 통하지 않는다. 적은 죽
일 수 있을 때 바로 죽여야 하는 것 이외에는 아무 것도 없는 것
이다. 먼 이국땅 월남의 정글에서 수백 번도 더 체험하여 알고
있는 그것을 어째서 마피아의 정글에서 잊었단 말인가? 그는 자

신을 비난하면서 멀리 건물들이 밀집해 있는 곳으로 서둘러 걸어갔다. 그는 관자놀이의 상처를 베레모로 눌러 피가 흐르는 것을 막았다. 문득 전세계의 경찰차가 그를 잡기 위해 이리로 몰려들고 있는 것처럼 생각되었다. 경찰은 계속 그를 감시하고 있었다. 경찰은 보란의 행동을 주목하여 그가 터린을 노리는 것을 팔짱을 끼고 지켜보고 있었음이 틀림없었다. 여기서 또 한 번 맥보란은 과오를 범했다.

그는 작전을 다시 세우지 않으면 안 되었다. 그의 상대는 어리숙하고 무지한 베트콩이 아닌 빈틈없는 미국인인 것이다. 어깨의 심한 통증을 생각한다면 이 실패는 결코 용서할 수 없는 것이다. 그는 총에 맞아 자신이 죽음의 구렁텅이에 서 있다는 것을 잘 알고 있었다. 지금 그에게는 멀리 도망가는 것뿐만이 아니라 쉴 수 있는 장소가 필요했다. 상처를 치료하여 다시 힘을 되찾을 때까지 쉴 수 있는 장소가 필요한 것이다. 만약 그런 곳이 없다면 죽음을 당하는 쪽은 자신이 되고 만다. 그것은 엄연한 현실이었다. 맥 보란은 커다란 실수를 저지른 것이다.

15
은신처

형사부장 웨더비는 무선차에서 내려 터린의 집 바로 위의 교차점으로 들어오는 순찰차로 걸어갔다. 그는 순찰차의 문을 열고 내리는 경관에게 가볍게 눈인사를 하며 말했다.

「총소리가 나고 얼마 만에 도로를 폐쇄했나?」

「30초도 걸리지 않았을 겁니다.」

경관이 대답했다.

「저는 두 구역 떨어진 곳에 있었는데 총성을 듣고는 곧 이리로 달려왔습니다. 그리고 계속해서 도로를 감시하고 있었는데 경찰관 이외에는 아무도 지나가지 않았습니다.」

웨더비는 경관의 말에 고개를 끄덕이면서 도로를 살펴보고는 그의 차로 돌아왔다. 핸들을 잡고 있던 사복 경관이 미안한 듯한 얼굴로 그를 맞았다.

「아무래도 그놈이 빠져 나간 것 같죠, 안 그래요?」

그가 조심스럽게 말했다.

웨더비는 그 말에 한숨을 쉬며 대답했다.

「그런 것 같아. 터린의 말로는 녀석은 특공대 같은 새까만 옷을 입고 있었다는 거야. 그놈은 고양이처럼 소리를 내지 않고 민첩하게 뛰어다니는 기술이 있는 것 같아. 한데 터린이라는 사나이는 정말 운이 좋았어. 아마 본인도 그것을 잘 알고 있을 걸세.」

「당신은 보란이라는 사나이를 칭찬하는 거죠?」

「나는 그럴 생각이 없으니 자네나 칭찬해 주게.」

웨더비가 볼멘 소리로 말했다.

「오해하지 말게. 내 말은 단지…… 자네도 알고 있지만 그는 터린의 부인에게 반격도 하지 않았잖은가? 그 여자를 쏘려면 얼마든지 쏠 수도 있었을 텐데 말야. 그런데 그는 도망치는 것을 선택했다, 이 말이야.」

웨더비가 심각하게 말을 이었다.

「그 여자의 말로는 탄환이 명중한 것 같다고 했어. 그런데 그 녀석은 핏자국도 남기지 않았단 말야. 상처를 입었다면 멀리는 못 갔을 텐데……. 이 지역에 12명 정도 더 배치하게. 어떻게 해서든지 녀석을 체포해야 해.」

그는 무전기의 마이크를 들고 특별 주파수로 명령을 내렸다.

「자, 우리는 동쪽 끝까지 갔다가 거기에서 이쪽으로 되돌아와 보세.」

운전석에 앉아 있던 사복 경관은 고개를 끄덕이고는 차를 동쪽을 향하여 운전하기 시작했다.

「발견하면 즉시 쏘는 겁니까?」

「그래.」

웨더비가 우울한 목소리로 대답했다. 그들은 남쪽으로 뻗어 있는 주택가에서 동쪽으로 차를 돌리고 그곳에서부터 주위를 살피면서 천천히 달리기 시작했다. 웨더비는 총신이 짧은 총을 꺼내 점검을 하고 만약의 사태에 대비했다. 그것을 보고 운전을 하고 있던 경관도 리볼버를 총집에서 뽑아 무릎 옆에 놓았다.

「이짓도 못해 먹을 짓이에요.」

그는 답답하다는 듯이 한숨을 쉬었다.

「이봐, 자네 지금 무슨 소리를 하고 있나? 임무에 충실해야 하는 거야. 잠깐! 이봐, 저길 봐…….」

그는 갑자기 긴장했다. 저쪽 아파트에서 누가 문을 여는 것이 보였다.

「라이트를 끄게.」

한편 보란은 다리에 힘이 빠지고 숨을 쉬는 것조차 어려울 만큼 지쳐 있었다. 그는 터린의 집이 있는 곳보다는 지대가 약간 낮은 주택가에 도달했다. 어느 아파트 앞의 손질이 잘된 넓은 잔디밭을 비틀거리며 건너가려는데 도로에 접하여 줄지어 서 있는 아파트 일층의 어떤 방에 불이 켜졌다. 보란은 땅바닥에 한쪽 무릎을 꿇고 어깨의 상처에 대어 놓은 헝겊을 살펴보았다. 이제 피는 더 이상 흘러나올 게 없는지 멈춰 있었다. 그는 아픔으로 얼굴을 찡그리며 가만히 상처 부위에 손을 대보았다. 총알이 그 속에 박혀 있는 것 같았지만 출혈은 멈춰서 피가 굳어 있었다. 그러나 상처는 불 붙은 듯이 쑤셔 왔고 두통도 점점 더 심해지는 것 같았다.

그때 갑자기 자동차의 헤드라이트가 눈앞의 모퉁이를 돌아 길을 비추었다. 그는 재빨리 땅바닥에 엎드려 옆에 있는 나무 그늘로 기어갔다. 그와 동시에 보란의 등 뒤에 조금 떨어져 있는 아파트의 문이 열리자 헤드라이트는 곧 꺼졌다. 보란은 라이트를 끈 자동차가 그가 있는 쪽으로 천천히 다가오는 것을 보고 말할 수 없는 공포를 느꼈다. 이윽고 아파트의 정면에서 불이 켜졌다. 불은 열린 문 위에 켜져 있었다. 안에서 잠옷을 입은 한 여자가 문을 열고 나와 낮은 목소리로 누군가를 부르고 있었다. 정신이 희미해져 가고 있는 보란의 귀에는 여자가 「티티, 티티!」 하고 속삭이고 있는 것처럼 들렸다.

자동차는 천천히 보란의 앞을 지나 그 여자의 앞에 멈춰 섰다. 여자가 깜짝 놀라 문 쪽으로 되돌아가려 하자 운전석에 앉아 있던 경관이 또렷한 목소리로 말했다.

「경찰입니다. 무슨 일이 있었습니까?」

보란은 여자가 깜짝 놀란 뒤 약간 신경질적으로 웃는 소리를 들었다. 그녀는 잔디밭으로 반쯤 걸어나왔으나 문 위의 불빛이 비치는 범위를 넘어서려 하지는 않았다. 이때 자동차의 반대쪽 문이 열리며 몸집이 큰 사나이가 자동차 지붕 너머로 여인을 보며 말했다.

「형사부장 웨더비입니다.」

그의 말은 정중했다.

「우리는 어떤 남자를 찾고 있는 중입니다. 실례지만 부인께서는 이 시간에 거기서 무엇을 하고 계셨습니까?」

「네에? 저는 남자를 찾고 있는 것은 아닙니다.」

그녀가 우습다는 듯이 말했다.

「고양이가 울어서 잠이 깼는데 집 안에 들여놓는 것이 좋을 것 같아서요. 이 근처에는 고약한 수고양이가 한 마리 있거든요.」

「그렇습니까? 그런데 부인, 무서운 사나이가 이 근처에 숨어 있습니다. 주위를 살펴보고 싶은데요.」

웨더비는 자동차의 뒤를 돌아 보도에 서 있었다. 다른 한 경관도 자동차에서 내려 건물 좌우의 어둠을 비추며 근방을 살펴보았다. 세 사람은 보란의 바로 옆에 서 있었다. 여인의 불안스러운 숨소리가 보란의 귀에 들릴 정도로 가까운 거리였다. 웨더비가 여자에게 집 안을 살펴봤으면 좋겠다고 말하자 그녀는 쉽게 승락했다.

「이 젊은 부인과 함께 있어 주게, 봅.」

웨더비는 말을 끝내고 조심스럽게 집 안으로 들어갔다. 남아 있는 경관은 자동차의 헤드라이트로 건물 주위를 이리저리 비춰대고 있었다.

이때 무엇인가 보란의 뺨을 비비는 것이 있었다. 그는 그것이 고양이라는 것을 알고는 상처 입지 않은 팔을 뻗어 다정하게 고양이의 등을 쓰다듬었다. 고양이는 보란의 팔 밑에서 만족스러운 듯이 몸을 동그랗게 도사렸다.

그때 웨더비가 다시 모습을 나타냈다. 그는 헤드라이트의 눈부신 빛을 피하며 피로한 모습으로 두 사람이 서 있는 곳으로 걸어갔다.

「고양이를 찾는 것은 단념하는 게 좋겠습니다, 부인. 안에 들어가 문을 잠그십시오. 당신이 안으로 들어갈 때까지 우리가 여기서 보고 있겠습니다. 소란을 끼쳐 죄송합니다.」

여인이 무슨 말인가를 했으나 보란의 귀에는 들리지 않았다.

그녀는 가볍게 웃고는 문으로 가서 두 경관에게 손을 흔들고 집 안으로 들어갔다. 곧 이어 문 위의 불이 꺼지자 경찰차도 불빛을 번쩍이며 멀어져 갔다.

보란은 고양이를 단단히 끌어안고 몸을 숙인 채로 아파트를 향해 뛰어갔다. 그리고 고양이를 덧문으로 밀어붙이고는 난폭하게 고양이의 등을 꼬집었다. 고양이는 소리를 지르며 보란에게서 달아나려고 몸부림을 치면서 덧문을 할퀴었다. 그러자 곧 안의 문이 열렸다. 보란은 문을 밀고 안으로 뛰어 들어가 놀라 서 있는 여자의 가슴에 고양이를 안겨 주었다.

「고양이를 데리고 왔소.」

이렇게 말하면서 그는 몸으로 문을 닫고 문에 기대었다.

「큰 소리를 내지 말아요. 당신이 나가 달라고 하면 지금 나갈 테니까.」

그녀는 믿을 수 없다는 듯이 보란을 쳐다보았다. 그녀는 보란의 이상한 차림새와 허리에 찬 권총과 피에 물든 어깨를 놀란 눈으로 쳐다보고는 떨리는 목소리로 말했다.

「상처를 입었군요.」

보란이 고개를 끄덕이고는 말했다.

「총을 맞았소. 잠시 동안만 여기 있게 해주겠소? 당신에게 절대 피해는 입히지 않겠소.」

그는 어깨의 심한 통증으로 얼굴을 일그러뜨렸다.

「경찰관이 당신은 위험 인물이라고 말했어요.」

그녀가 중얼거리듯이 말했다.

「당신에게는 위험하지 않소.」

고양이가 여인의 팔을 빠져 나가 안쪽의 방으로 달려갔다. 보란은 절망적인 눈초리로 방에 놓여 있는 긴 의자를 쳐다보았다.

「어깨에 총알이 박혔소. 소독약과 핀셋을 좀 갖다 주었으면 고맙겠소.」

「알겠어요.」

여인은 재빨리 거실 건너편으로 걸어갔다. 그녀의 뒤를 보란이 따라갔다. 여자가 경찰에 전화를 걸지도 모르기 때문이었다. 그녀가 욕실로 들어가자 보란은 안도의 숨을 쉬고는 방 안으로 돌아와 긴 의자에 누웠다.

「혼자서 살고 있소?」

그는 숨이 차서 헐떡거리며 물었다.

그녀가 욕실 입구에서 얼굴만 조금 내밀고 대답했다.

「아뇨, 타바사와 함께 있어요.」

그녀가 코에 주름을 잡으며 말했다.

「내 고양이를 타바사라고 불러요. 나도 그녀도 올드 미스예요.」

대답이 끝나자 그녀의 얼굴이 다시 욕실 속으로 사라졌다. 보란은 셔츠를 벗기 시작했다. 그녀가 작은 쟁반을 들고 방으로 돌아왔을 때 보란은 몸에 꼭 끼는 셔츠에서 겨우 한쪽 팔과 머리를 빼낸 뒤 조심스럽게 상처 입은 어깨에서 셔츠를 벗겨 내려던 참이었다. 그녀는 머리에 쓰고 있던 스카프를 벗고 둥근 머리를 풀어 어깨에 늘어뜨리고 있었다. 깨끗하고 아름다운 여자라고 보란은 생각했다. 작고 섬세한 몸매, 아름답게 빛나는 눈을 가진 그녀의 얼굴은 퍽 지적으로 보였다. 여자는 들고 있던 쟁반을 테이블 위에 놓고 보란이 셔츠를 벗을 수 있게 도와 주었다. 그녀는 그의 어깨의 상처를 보며 말했다.

「출혈이 아주 심해요. 총알이 아직 박혀 있어요?」

보란은 대답 대신 고개를 끄덕이고는 그녀가 가지고 온 쟁반을 바라보았다.

눈썹 화장에 쓰이는 작은 핀셋이 투명한 액체 속에 담겨 있었고 거즈가 한 봉지, 붕대 한 개, 머큐로크롬병 등이 쟁반에 놓여 있었다.

「핀셋을 알코올로 소독해 두었어요.」

그녀가 말했다.

「이것으로 충분할까요?」

보란은 다시 한 번 고개를 끄덕이고는 머큐로크롬병으로 손을 뻗었다.

「제가 총알을 뽑아 드릴까요?」

「고맙소. 그러나 전에도 해본 적이 있으니 내가 하겠소.」

그녀는 보란을 긴 의자에 누이고 머리 밑에 베개를 대주었다.

「이것을 당신 혼자 힘으로 한다는 건 무리예요.」

그녀가 단호히 말하고는 핀셋을 쥐었다.

「괜찮아요, 움직이지 말고 가만히 있어요.」

그녀가 말했다.

16
귀여운 도둑

보란은 호화로운 실크 커튼이 드리워진 라운지에서 웃옷을 벗은 채 자고 있었다. 터린 부인이 몸에 꼭 달라붙는 선정적인 녹색 바지를 입고 그의 몸 위에 올라타고 있었다. 새빨갛게 달군 인두로 그의 어깨를 지져 대면서.

「당신은 정말 목석 같군요, 중사님!」

부인의 녹을 듯한 목소리에 이어 뒤쪽 어디에선가 레오의 목소리가 들렸다.

「그 귀여운 여인을 자네에게 주겠네.」

「그래? 고맙긴 하지만 그래도 나는 너를 죽일 거야!」

보란은 속삭이듯 말했다.

「잠이 깨면 당장에 말이야.」

순간, 그는 잠에서 깨어났다. 햇빛이 눈부셨다. 어깨는 마치 악마가 춤을 추고 있는 듯 화끈거렸다. 젊은 여인이 침대 곁의 창가에 서서 블라인드를 만지작거리며 밖을 내다보고 있었다. 물결치듯 어깨로 드리워진 검은 머리카락이 매혹적이었다. 여인은 거의 알몸에 가까웠다.

그녀는 천천히 뒤를 돌아보다 그가 눈을 뜬 채 바라보고 있는 것을 보자 얼굴이 새빨개졌다.

「고양이의 주인이군!」

보란은 술에 취한 듯한 몽롱한 목소리로 말했다.

그녀는 얼굴을 붉힌 채 그에게로 다가와 체온계를 그의 입에 밀어넣었다.

「오늘 종일 잠만 잘 줄 알았는데…….」

보란이 무슨 말인가를 하려 하자 그녀는 체온계를 가리키며 제지시켰다. 두 사람은 잠시 동안 묵묵히 서로를 바라보았다. 그리고 그녀는 미소를 지었다. 그녀는 체온계를 뽑아 눈금을 읽었다.

「정말, 당신은 강철 같은 사람인가 봐요. 열이 전혀 없어요.」

「열은 모두 어깨에 모여 있을 거요.」

보란은 그렇게 말하면서 웃어 보였다.

「저는 당신이 누군지 알아요.」

그녀는 진지한 표정이 됐다.

「어떻게?」

「텔레비전이나 라디오에서 떠들썩하다구요. 신문에 당신 사진도 나왔어요. 당신이 바로 그 저격수죠, 보란 씨?」

「아, 당신은 분명 이국적인 이름을 갖고 있을 것 같은데, 카르멘 같은 얼굴을 하고 있는데?」

「저는 발렌티나예요. 발렌티나 퀘렌테.」

「발렌티나. 예쁜 이름이군! 그런데 지금 몇 시인가요?」

「점심때가 다 되었어요.」

「시간이 많이 지났군. 당신이 경찰을 부를 시간은 충분했을 텐데, 왜 부르지 않았죠?」

「아예 그렇게 해버릴까 하는 생각도 안 해본 건 아니에요.」

그녀는 가늘게 뜬 눈으로 그를 내려다보며 말했다.

「하지만 당신은 그렇게 하지 않았잖소? 왜 신고를 안 했죠?」

「당신이 저를 믿고 있었기 때문이었어요. 그리고 유죄가 증명될 때까지 누구든 죄인은 아니에요.」

「나는 분명히 죄를 지었잖소?」

「잘 알고 있어요.」

「당신은 어디까지 알고 있죠?」

「거의 모두 알고 있어요. 이 주일 동안 당신은 모두 11명의 마피아를 죽였죠? 당신은 살아 있는 비극, 그 자체예요. 그래서 전 경찰에 신고할 용기가 나지 않았어요.」

그는 희미하게 웃었다.

「나의 동기에 동정이 갔기 때문이오?」

그녀는 미소를 머금은 채 고개를 저었다.

「사람을 죽일 권리는 누구에게도 없어요. 살인은 어떤 이유에서건 정당화될 수 없는 것이잖아요?」

보란은 상체를 조금 움직여 보았다.

「나는 내가 저지른 일을 정당화시키지 않겠소. 나 자신에게 부끄럽지 않으면 되는 거니까.」

그녀는 또 하나의 베개를 그의 어깨 밑에 받쳐 주었다.

「이건 수십 년 전부터 계속되고 있는 전쟁 중의 하나일 뿐이오. 선과 악의 대결이라고나 할까. 나는 선의 쪽이라는 생각으로 나를 정당화시키고 있소.」

「그런 이야기는 다음으로 미루는 게 좋겠어요. 지금은 당신에게 뭔가 먹을 걸 마련해 주는 게 좋을 것 같군요. 달걀은 어떻게 한 것을 좋아하시죠?」

「날것이 아니면 다 좋소.」

「정말이세요?」

「정말이오. 아무렇게나 만들어 주시오. 아, 그리고 내 옷은 어디 있소?」

「당신 몰래 내가 훔쳤어요. 당신은 고약한 올드 미스에게 걸려든 셈이에요. 보란, 나는 나의 침대에 들어온 남자를 그대로 보내지는 않아요.」

장난기가 가득한 그녀는 정색을 해보였다.

「무서운 올드 미스로군!」

그는 그녀의 눈에서 시선을 떼지 않았다.

「스크램블!」

「뭐요?」

「나는 무엇을 잘 만들어 보려고 애를 써도 스크램블밖에는 안 돼요. 스크램블이더라도 참아 주라구요.」

그녀는 미소를 남기고 방을 나갔다. 보란은 곧 담요를 젖히고 조심스럽게 몸을 움직였다. 그는 완전히 알몸이었다. 그는 잠시 자신의 알몸을 내려다보다 담요를 끌어당겼다.

「내 옷은 어디 있소?」

그는 주방을 향해 소리쳤다.

「제가 훔쳐 두었다고 말했잖아요!」

그녀도 역시 큰 소리로 외쳤다.

「그게 기분이 나쁘다면 다시 훔쳐 가세요. 욕실에 있는데 일어설 수는 있어요?」

보란은 일어설 수 있으리라 생각했다. 그는 일어나 침대 아래로 발을 내디뎠다. 어지러웠지만 이를 악물고 비틀거리며 욕실로 갔다. 셔츠는 깨끗이 세탁해 커튼 줄에 걸려 있었고 팬티와 바지는 타월 걸이에 걸려 있었다. 그는 팬티를 입고 셔츠는 손에 든 채 방으로 돌아와 침대에 걸터앉았다. 발렌티나가 방문을 가볍게 두드리며 말했다.

「붕대를 갈아야 하니까 아직 셔츠는 입지 마세요.」

「붕대를 감고 있으니 셔츠를 입지 않아도 되겠는걸.」

「들어가도 좋아요?」

그녀는 방으로 들어와 똑바로 그를 쳐다보며 말했다.

「그 바지는 내가 도와 주지 않으면 입기가 힘들 걸요. 어쩌자고 그런 이상한 바지를 입었죠? 당신이 뭐 마벨 선장이라도 된 듯한 기분이세요?」

그녀는 바닥에 무릎을 꿇고 앉아 좁은 바지통 속에 그의 발을 밀어 넣기 시작했다.

「이 옷은 어둠 속에서 행동하기에는 안성맞춤이라구!」

바지는 겨우 무릎 위까지 올라갔다.

「이 다음은 당신이 끌어올려 보세요. 달걀이 타겠어요.」

「당신이 벗겼으니 당신이 입혀 줘야 되지 않겠소? 자, 위로 올려 주시오.」

「달걀이 탄단 말예요. 그리고 저는 담요 밑에서 벗겼기 때문에 아무 것도 보지 않았어요. 그 점은 오해하지 마시라구요.」

그녀는 문을 나서면서 말했다. 보란이 무슨 말을 하려 했지만 이미 그녀는 보이지 않았다. 그는 빙긋 웃으며 일어서서 다치지 않은 팔로 간신히 바지를 끌어올렸다.

17
살인 모의

세르지오 프랭키의 저택은 피츠필드에서도 가장 경관이 좋은 고급 주택지에 자리잡고 있었다. 프랭키는 그곳이 지중해 연안에 가깝다는 이유로 그곳을 택했었다. 실제로 바다는 멀리 떨어져 있었지만 그는 저택의 구조도 지중해 연안의 전통적인 건축 양식으로 지었다. 석회칠한 돌과 커다란 창문, 수많은 포치와 안뜰, 그리고 아래층은 언덕의 비탈 속에 가려지게 하여 자연 경관을 최대한 활용했다. 프랭키의 저택을 사진으로 본다면 사람들은 그것이 어느 호젓한 곳의 별장 같은 곳으로 여길 만했다. 사실 그 주변의 저택들도 대부분 그랬다. 프랭키의 집은 다른 저택들보다 경관 좋은 곳에 가장 먼저 자리잡았다는 점만 달랐다.

프랭키는 증권으로 돈을 모았다고 소문이 나 있었다. 또 어떤 사람들은 그를 해운업계의 거물이라고 말하기도 했다.

그러나 실제 그가 돈을 번 것은 일종의 무역업 덕분이었다. 좀

더 자세하게 말하면 마약 밀매로 그는 돈을 벌었다. 물론 매춘 조직에도 그의 영향력이 작용했고 술의 밀조, 밀매, 도박, 기타 법을 어기는 모든 일이 그에게 치부를 하게 해주었다.

최근 들어 프랭키는 로버트 케네디 법무 장관의 조직 범죄의 억압 정책에 대처하여 가능한 한 자기의 수입을 합법화시키려고 했다. 그래서 그는 한 작은 해운 회사의 주인으로 행세했다. 그리고 그의 수입은 일련의 금융 회사들이나 기타 갖가지 사업에서 나오고 있었는데 그러한 기업들은 모두 프랭키 엔터프라이스와 관련을 맺고 있었다.

그러나 세르지오 프랭키는 그의 생애를 통하여 줄곧 마피아 가족을 위해 살아온 사나이였다. 가족이란 자의에 의해 나갈 수도, 또 들어올 수도 없는 조직이었다. 가족의 맹세는 생명에의 맹세가 무엇보다 우선했다. 부부나 부자간의 인연보다도 더욱 무서운 마피아 가족의 맹세 앞에서는 교회나 신(神)도 한 걸음 뒤로 물러나지 않으면 안 되었다.

세르지오 프랭키는 41년간 단 한 여자만을 아내로 삼고 있었다. 그러나 그에게는 자식이 없었다. 그의 피를 이어받아 그의 이름과 가업을 계승할 자식이 없었던 것이다. 따뜻한 구석이 있는 세르지오는 자기의 자식이 없는 대신 마음이 가는 사람들을 참으로 잘 보살펴 주었다. 많은 사람들에게 있어 그는 〈세르지오 아저씨〉였으며 극히 한정된 몇 사람에게는 〈파파 세르지오〉였다.

레오폴드 터린도 그 한정된 몇 사람 중의 한 사람이었다. 터린의 아이들은 그 넓은 지중해식 세르지오 저택을 마치 자기 집처럼 드나들었다. 열 살 때 고아가 된 안델리나 터린도 어느 사이엔가 프랭키를 자기 아이들의 할아버지로 여기게끔 되었다. 세르지오의 아내는 최근 10년간 거의 외국 여행만 했기 때문에 그녀를 그 저택에서 마주 대하기란 여간 힘든 일이 아니었다.

그해 9월 초 어느 날 낮, 안델리나에게는 그 저택이 별스러워보이지는 않았다. 단지 주차장에 여느 때보다도 더 많은 차들이 들어서 있다는 점만 달랐을 뿐이었다.

터린의 아이들은 차에서 뛰어내리기가 무섭게 언제나 그랬듯 세르지오에게 인사를 하기 위해 현관을 향해 힘껏 달려갔다. 레오도 걱정 말라는 듯 아내의 어깨를 가볍게 두들겨 주고는 자동차 옆에 서 있는 그녀를 남겨 두고 저택을 향해 계단을 올라갔다.

「사람들이 단 하룻밤 사이에 이렇게 변해 버리다니 참으로 이상한 일이야.」

그녀는 곰곰이 생각을 해보았다. 그녀가 오랜 동안 그처럼 다정하게 느꼈던 이 저택이 왠지 불길한 예감으로 우뚝 솟아 있다니! 가을 햇살은 그녀의 살결에 따사로웠지만 오히려 그녀는 으스스함을 느끼고 몸을 떨었다. 그녀는 아이들의 뒤를 따라 계단을 올라갔다.

그녀의 남편은 살인을 모의하기 위해 이곳에 온 것이었다. 그는 범죄 조직의 간부들과 함께 테이블에 앉아 있을 것이다. 그의 아이들은 저택 밖에서 가을 햇빛을 듬뿍 받으며 마냥 즐거워하며 뛰놀고 있었다.

무서운 살인 계획이 검토되고 있다. 말할 것도 없이 그 대상은 안델리나 자신이 하마터면 죽일 뻔했던 그 사내일 것이다.

그날의 사건은 안델리나로서는 상상도 할 수 없는 상황 속에

서 남편을 살리기 위한 본능과도 같은 반응으로 저질러진 행동
이었다. 아직도 그녀는 자신이 방아쇠를 당겼다는 것을 전혀 실
감할 수가 없었다. 그것도 공포에 질려서……. 그런데 저들은 머
리를 맞대고 그 사람을 어떻게 죽일까를 의논하고 있다니…….
그녀는 또 몸을 떨면서 계단을 올라갔다. 어쩌면 갑작스런 반응
이라는 것은 상대적인 문제인지도 모른다는 생각이 들었다.

지금 저들이 느끼고 있는 공포감 역시 자신이 그날 밤 느꼈던
것과 같은 것은 아닐까? 그것은 목숨을 위한 본능과도 같은 것
이었다.

저 사내들은 자기들이 취할 수 있는 유일한 방법으로 위기에
대처하고 있는지도 모른다. 그리고 그녀는 암흑가와 깊은 관계
를 맺고 있는 남편 레오를 이해하게 될지도 모른다고 생각했다.

아마 그녀는 세르지오의 아내처럼 목적도 없이 세계의 이곳
저곳을 방황하며 비참하게 인생의 황혼을 맞게 될지도 모를 일
이었다.

「그렇게 살아서 얻는 것은 무엇일까?」

그녀는 비로소 정신을 차리고 눈물을 닦았다. 그리고 아이들
에게로 쫓아갔다.

그들은 그 동안의 사건을 검토해 보고 있었다. 회의는 블라인
드를 내린 방 안에서 진행되고 있었는데 거기엔 20명의 경비원
이 배치돼 있었다. 그리고 밖에는 10여 명의 보디가드가 저택 주
위의 은밀한 곳에서 감시하고 있었다.

「안델리나가 그 가냘픈 손으로 1개 소대나 되는 사내들이 못
했던 일을 하마터면 해낼 뻔했단 말이지?」

세르지오는 잔뜩 비꼬는 투였다.

「조그만 장난감 총으로 빵빵 하고 쏘았다는 거지, 응?」

그는 너털웃음을 웃으며 체면이 말이 아닌 듯한 레오 터린에게로 시선을 돌렸다.

「자넨 정말 훌륭한 마누라를 얻었어. 레오폴드, 부인을 소중히 모셔야겠어. 그녀 덕분에 자네는 살아난 거야!」

「정말 마누라 덕택에······.」

터린이 멋적은 듯 중얼거렸다. 그리고 잠시 머뭇거리다 다시 입을 열었다.

「그때 상황을 말씀 드린다면, 정말 귀신이 곡할 노릇이었습니다. 나는 집 뒤를 한 바퀴 돌며 그놈을 찾았어요. 물론 경찰은 부르지 않았죠. 그런데 집 부근에 경찰이 득실득실거렸어요. 완전 포위 상태였는데 그놈이 어떻게 거길 빠져 나갔는지 정말 짐작이 가지 않습니다. 경찰과 한패가 아니라면 도저히 그곳을 빠져 나갈 수 없는 상황이었어요.」

「변명은 필요 없어. 내가 어떻게 생각하고 있는지 알겠나?」

노인은 좌중을 한번 쭉 훑으며 자신의 말의 권위를 높이려 했다.

「틀림없이 그놈은 경찰의 끄나풀이야. 녀석은 위장한 거야. 그놈은 FBI의 첩자나 CIA의 요원일 수도 있어. 하여튼 살인 면허를 가진 미끼임에 틀림없어. 어때, 내 생각이?」

테이블의 맨 끝에 앉아 있던 몸집이 작은 사내가 부자연스럽게 몸을 움직이며 기침을 하다가 입을 열었다.

「그건 아무래도 이치에 맞지 않는 것 같습니다. 만일 그렇다면 저에게도 그런 정보가 들어왔을 겁니다. 그리고 당국이 총출동하여 그놈을 잡으려 하고 있는 것은 사실입니다. 그 점은 제가 확신합니다.」

세르지오는 무서운 눈빛으로 그 사내를 노려보았다.

「그러니까 자네가 모르는 것은 없다, 이 말인가?」

사나이는 고개를 끄덕였다.

「그렇습니다. 지금까지 저의 정보가 틀렸던 적이 있습니까?」

「하지만 저쪽에서 우리를 부숴 버리기 위해 극비리에 계획을 세울 수도 있잖은가?」

세르지오는 갑자기 울화가 치미는지 테이블을 쾅쾅 두들기며 열을 올렸다.

「좋아! 그렇다면 내가 묻겠는데, 경찰이 미끼를 사용하지 않는다고 말할 수 있는 이유를 대봐! 대보란 말이야!」

「그런 것은 아무래도 미국식 방법은 아니라고 생각되는데요?」

몸집이 작은 사내는 조금도 위축되지 않고 확신에 찬 목소리로 대꾸했다.

「경찰은 절대 그런 방법은 쓰지 않습니다. 적어도 미국 시민에 대해서는.」

「그러나 그는 우리들 중 아무도 죽이지 않았어. 우리들 가운데 누구 한 사람이라도 죽었나? 총에 맞은 일이 있어? 있을 리가 없지. 그러나 그놈은 내 손에 쥐고 있는 글라스를 맞추어 깨뜨리는 솜씨를 가진 놈이야. 죽일 마음만 있다면 얼마든지 우리들을 모두 죽일 수 있었어. 어떻게 생각하나, 그 점에 대해서는?」

세르지오 역시 조금도 물러설 기색을 보이지 않았다.

「그렇다면 그놈을 어떤 방법으로 해치울 작정입니까, 세르지오님?」

플래스키가 물었다.

「이건 심리 작전이야. 그놈은 우리들을 손바닥 위에 올려놓고 갖고 놀고 있어. 그리고 아직 확실히 알 수는 없지만 틀림없이 그 놈은 한 놈이 아냐!」

사나이들은 세르지오에게 시선을 집중시킨 채 오랫동안 누구 한 사람 입을 열려는 사람이 없었다.

세르지오는 한동안 깊은 생각에 잠기는 듯하더니 마침내 입을 열었다.

「곰곰이 생각해 보라구. 우리 조직의 하나인 트라이앵글 건물 앞에서 조직원 5명이 살해됐어. 목격자는 아무도 없어. 거기에 다 또 월남에서 돌아왔다는 사내가 사무실에 나타났어. 그 녀석은 우리를 속이고 조직에 잠입했어. 그리고 우리들의 정보원으로부터 연락이 왔지. 그 정보원은 그 군인이 바로 트라이앵글의 조직원들을 죽인 범인이며 우리 모두를 죽일 작정이라고 했어. 그래서 우리는 살인 청부업자와 계약을 하기에 이르렀고. 그런데 그놈은 그 청부업자들을 오히려 해치웠지. 물론 그때도 목격자는 없어. 그리고 놈은 레오가 경영하는 매춘관에 나타나 순식간에 쑥밭을 만들었어. 거기에 불을 지른 사나이와 자동차에 사정 없이 탄환을 쏟아 놓은 사나이가 같은 놈이라고 누가 말할 수 있겠는가 말이야. 월트의 집만 해도 그래. 가정부와 이야기를 나눈 사나이는 그 군인과 모습이 대체로 비슷한 것 같기도 하지만 그때 월트의 집에 그런 놈이 몇 놈이 왔었는지도 모를 일 아닌가? 그리고 그놈은 우리에게 극도에 달한 공포감을 심어 주려고 하고 있어. 그놈이 왜 그러고 다니는 줄 알겠나? 바로 그놈 자신의 이미지를 위해서야. 우리들 속을 마음대로 돌아다니며 하고 싶은 대로 부수고 죽이고 신출 귀몰하는 공포의 이미지를 심으려고 하는 거야. 자네들은 어떻게 생각하나? 내 추측이 틀렸다고 생각하나?」

테이블에 둘러앉아 있던 12명의 사나이들은 동요하기 시작했다. 서로서로 귓속말을 하느라고 의자가 삐걱거리는 소리를 내고 있다. 누군가가 담배에 불을 붙이자 너도나도 담배를 피우기 시작했다.

세르지오는 자신의 현재 위치에 만족하고 있는 것 같았다. 그래서 그는 한결 후련해진 기분으로 거리낌 없이 털어놓기 시작했다.

「이제 무언가 감이 잡히지? 안 그런가? 우리 정보원은 이제까지 일급 정보를 가져오지는 못했어. 그러니 마피아는 겁쟁이들이라는 말이 세상에 떠돌고 있지. 지나치게 안락한 생활만 해왔기 때문에 약해진 것이라고 세상 사람들은 비웃고 있는 실정이야. 우리 가족의 새로운 세대는 바보 같은 녀석들뿐이야. 세상은 우리들을 비웃으면서 이때다 하고 떠들고 있어. 이제 마피아를 한번 건드려 보자. 겁쟁이 마피아들은 혼비 백산해서 줄행랑을 칠 거다. 그래서 그놈을 미끼로 던진거야. 안 그런가?」

「그렇지는 않습니다.」

시모어는 불쾌한 빛을 띠면서 좌중을 훑어봤다.

「모두 그렇게 생각하지는 않을 테죠?」

「그놈이 유령이건 귀신이건 지나치게 염려할 건 없습니다.」

「뭐라구? 걱정 없다구?」

세르지오가 벌컥 화를 냈다.

「넌 대학생처럼 느긋해진다는 건가? 그러나 이 세르지오는 그놈의 시체를 빨리 보고 싶단 말이야!」

「하지만 당신은 보란이란 놈에 대해…….」

시모어는 말을 하다 말고 우물거렸다.

「지금 내 말뜻을 알아듣지도 못하는 멍청이들만 모였군! 좀더 끈질긴 집념을 갖고 임하라는 말이야!」

노인은 다시 격분하기 시작했다.

「그놈이 유령이니 귀신이니 하는 그 따위 소리들은 집어치워! 그놈을 우리가 진짜 유령으로 만들어 줘야 해! 연방 정부에서 보내는 놈마다 모조리 유령으로 만들어 줘야 해. 모조리 말이야! 어떤가? 자네들 중 대담하고 용기 있다고 생각되는 사람은 누구야? 어때, 레오폴드 자네는?」

터릭은 누이의 시선을 피했다.

「그놈을 죽여야겠지? 어떻게 해치울 것인가, 이것이 이제부터 우리가 할 일이야. 우선 첫째로…….」

이렇게 해서 9월 초하루의 회의는 시작됐다.

안델리나 터린의 불길한 예감이 맥 보란에게도 이미 느껴졌을지 모르는 일이다. 그가 전투중 잠깐 휴식을 취할 수 있었던 것은 순전히 안델리나의 덕이었다. 마피아는 또 그동안 한숨을 돌릴 수가 있었다. 물론 불안한 고요였지만.

18
연정과 욕심

맥 보란은 벌써 48시간 이상이나 발렌티나 퀘렌테의 아파트에 머무르고 있었다. 그는 그곳에 있으면서 치료받는 동안 발렌티나가 이곳 고등학교의 역사 선생이라는 것을 알았다. 우연히도 그곳은 보란이 ROTC의 교관으로 배속된 학교였다. 그는 발렌티나가 26세의 독신 여성이라는 것을 알고 나서는 그녀에게 진지한 태도를 보였다. 보란은 그녀가 유머가 풍부한 반면 섬세한 감정을 가진 순진한 처녀라는 것도 알았다. 또한 그녀는 굉장히 수줍음을 타기는 했으나 퍽 대담한 면도 있는 것 같았다. 두 사람은 그녀의 침대에서 각기 다른 담요를 덮고 잤는데 보란은 알몸에 얇은 가운만을 걸쳤을 뿐이고 발렌티나 역시 잠옷 차림이었다.

그녀는 보란이 상처 때문에 옷을 입고 벗는 것이 힘들자 그를 거들어 주며 예사로 그의 몸에 손을 대곤 하였다. 또한 그녀는 브

래지어와 팬티만 입은 채로 그의 앞에 나타난 적도 있었다. 그러나 그들은 한 번도 서로 키스를 하거나 손을 만져본 적도 없었다.

3일째 되는 날 아침, 보란이 눈을 뜨자 발렌티나가 침대 가에 걸터앉아 그의 자는 얼굴을 내려다보고 있었다. 그녀는 수줍은 듯 보란의 눈길을 피하며 말했다.

「당신은 항상 제가 보고 있을 때 잠을 깨는군요.」

「이보다 더 기분 좋게 깨본 적은 없는걸.」

그는 이렇게 말하면서 발렌티나의 손을 잡았다.

「아, 안 돼요. 이러시면 안 돼요.」

그녀가 말을 더듬으면서 손을 빼내려 했다.

「왜 안 되지? 당신 손은 정말 따뜻하고 부드러운데.」

보란이 그녀를 잡은 손에 힘을 주며 말했다.

「그 손은 다친 쪽 손일 텐데요?」

「이젠 괜찮아. 믿기지 않는다면 당신을 껴안을 수도 있어.」

「다행이군요, 맥.」

그녀가 진지하게 말했다.

「그렇다면 이제 당신은 여기서 나가는 게 좋을 것 같아요.」

「나를 쫓아내겠다는 건가?」

「괜찮으시다면 말예요.」

「아직 완전히 낫진 않았잖아?」

보란은 짐짓 서운하다는 듯한 표정으로 그녀를 주시했다.

「저를 안아 올릴 수 있을 만큼 나으셨잖아요?」

「여기 누워봐, 발렌티나. 시험적으로 당신을 안아볼 테니까.」

그녀는 진지한 눈빛으로 그를 바라보면서 말했다.

「그래서 제 생각으로는…….」

「내가 나가는 게 좋겠다는 거지?」

「네, 그래요.」

그녀는 보란에게 잡혔던 손을 살며시 빼내며 어색하게 깍지를 꼈다.

「발렌티나, 당신 연애해 본 적 있어?」

보란은 부드럽게 물었다.

「아이, 그런 질문은 하지 마세요.」

「진심으로 묻는 거야. 연애해 본 적이 있느냐구, 당신?」

「그야 물론 몇 번 있었어요.」

「어떤 기분이었지?」

이 말에 그녀는 갑자기 입을 다물고 보란을 바라보았다. 잠시 후 그녀가 입을 열었다.

「꼭 알고 싶으세요?」

「그렇다니까.」

「실은 거짓말이에요. 연애를 할 때 어떤 기분이 드는지 저는 잘 몰라요. 저는 언제나 짝사랑이었거든요. 지금도 저는 당신을 사랑하고 있다고 생각해요.」

그녀의 고백은 결코 뜻밖의 것은 아니었다.

「나는 지금 서른 살이야.」

보란이 무겁게 말했다.

「알고 있어요.」

「옛날엔 나도 어떤 여자와 사랑에 빠질 것을 생각해 보곤 했었지.」

「옛날이라면 언제죠?」

「글쎄, 정확히 몇 년 전이라고 기억해 낼 수는 없지만 하여튼
오래된 일이야. 그런데 갑자기 또 그런 것을 생각하게 된거야.
왜일까, 발렌티나?」

그는 그녀의 얼굴을 똑바로 쳐다보았다. 마치 그녀의 표정에
서 답을 찾으려는 듯이.

「맥, 제발 이러지 마세요.」

어느새 보란의 팔이 그녀를 끌어안고 있었다. 그녀는 몸을 떨
며 속삭이듯 말했다.

「맥, 제발…… 저는 살인자와 사랑에 빠지고 싶지 않아요.」

갑자기 보란의 눈이 얼어붙은 듯 그녀를 쏘아보았다. 그가 그
녀를 안고 있던 팔을 풀자 그녀는 옆방으로 뛰어 들어갔다. 곧
이어 발렌티나의 흐느끼는 소리가 들려 왔다. 보란은 무엇인가
를 중얼거리면서 옷을 찾으려고 걸어갔다.

「그래, 당신이 날 깨우쳐 줬어.」

그는 이렇게 중얼거리면서 욕실로 들어갔다. 그의 옷은 첫날
과 마찬가지로 욕실 안에 단정히 걸려 있었다. 그는 어깨의 붕대
를 풀고는 거울에 상처를 비추어 보았다. 상처는 거의 아문 듯
했다. 그가 옷을 입고 부엌으로 갔을 때 식탁 위에는 아침 식사
가 차려져 있었다. 보란은 무표정하게 그것을 먹어 치웠다. 식사
를 끝내고 담배에 불을 붙이고 있는데 문이 열리며 발렌티나가
들어왔다.

「당신의 차를 옮겨 놓았어요.」

그녀는 보란의 맞은편에 걸터앉으며 눈물에 젖은 눈으로 그를
바라보았다.

「여러 가지로 고마웠어, 발렌티나. 그래서 당신에게 사례로 돈

을 주고 싶어.」

「뭐라구요?」

「내 자동차 트렁크 안에는 돈이 가득 들어 있어. 당신에게 1만 달러를 주겠어.」

「돈 같은 건 필요없어요.」

그녀가 눈물을 흘리며 말했다.

「그런데 그 돈은 어떻게 해서 생긴 돈이죠?」

「돈 말인가?」

그는 빙긋 웃고는 담배에 불을 붙였다.

「그러니까 나는 살인만 하는 것이 아니라 도둑질도 하지. 마피아가 몰래 숨겨 두었던 25만 달러를 내가 뺏었지. 하지만 이 돈은 놈들이 도난 신고를 할 수도 없는 돈이야.」

「밖에 있는 차에 그렇게 많은 돈이 들어 있단 말인가요?」

그녀가 놀라 소리쳤다. 보란이 고개를 끄덕이며 말했다.

「돈은 소중한 것이야. 이 싸움이 언제까지 계속될지 알 수는 없지만 싸움을 하는 데는 돈이 필요해. 그래서 난 놈들에게서 돈을 훔쳐 냈지. 발렌티나, 난 살인만이 아니라 훔치고 속이고 거짓말도 한다구.」

「아녜요, 맥. 난, 난…… 정말로 당신이 살인자라고 생각하지 않아요. 내가 왜 그런 말을 했는지 모르겠어요.」

「아니야, 당신 말이 옳았어. 당신은 내일부터 학교에 나가 학생들을 가르치고 나는 싸움을 하러 나가야 돼. 각자가 가야 할 길을 가는 거야. 아무 일도 없었던 것처럼.」

그는 그녀를 보면서 미소 지었다.

「아까는 미안했어. 내 정신이 아니었지.」

「하지만 난 정말로 당신을 살인자라고 생각지 않아요, 맥.」

그녀는 그의 시선을 피하면서 말을 계속했다.

「그리고 전 당신을 쫓아내지는 않을 거예요. 당신이 있고 싶을 때까지 여기 계세요. 하지만 앞으론 긴 의자 위에서 주무셔야 해요. 그렇지 않으면……」

「그렇지 않으면?」

보란이 눈썹을 치켜 뜨면서 물었다.

「그렇지 않아도 할 수 없을 거예요. 전 제 침대에서 당신을 쫓아내진 못할 테니까요.」

그녀가 갑자기 밝은 목소리로 보란을 쳐다보며 말을 이었다.

「스물여섯 살이 되도록 남자에게 키스를 받아본 적도 없으며 당신 이외에는 남자를 침대에 들어오게 한 적도 없단 말예요. 제가 그렇게 쉽게 당신을 내보낼 것 같아요?」

「정말 때려 줘야겠군!」

그는 화가 난 듯 말하고는 시선을 아래로 떨어뜨렸다.

「좋아요, 맥. 때릴 테면 때려 보세요.」

눈물이 그녀의 양볼에서 주르륵 흘러내렸다. 보란은 그녀와 눈이 마주치자 일찍이 느껴 보지 못했던 사랑의 감정을 느꼈다.

「오! 발렌티나!」

두 사람은 거의 동시에 서로를 강렬하게 끌어안았다. 보란은 어깨의 통증을 약간 느꼈으나 더욱 세게 그녀를 끌어안았다. 그리고는 떨고 있는 그녀의 입술에 자신의 젖은 입술을 갖다 댔다. 그녀의 입술은 격렬하게 그의 입술을 빨아 들였으며 그녀의 가냘픈 몸은 스스로를 지탱할 수 없는 듯 그에게 완전히 기대어져 있었다. 보란의 손이 그녀의 허리 부분을 더듬자 그녀는 더욱더 그에게 몸을 밀착시키면서 그에게서 입술을 떼고 말했다.

「전 당신을 보낼 수 없어요, 맥. 어쩔 수 없어요.」

그는 말없이 그녀를 안고 침대로 걸어갔다. 그녀는 그에게 안긴 채 뜨겁고 가쁜 숨을 몰아 쉬었다. 그는 그녀를 침대 위에 누이고는 그녀의 옷을 하나씩 벗겨 나가기 시작했다. 그가 그녀의 조그만 어깨에 입술을 갖다 대자 머리카락을 감싸쥔 그녀의 손이 파르르 떨렸다. 보란의 입술이 벗겨진 그녀의 상체를 따라 목을 타고 내려와 젖꼭지를 더듬었다.

「아아……」

그녀의 입에서 신음 소리가 가늘게 새어 나왔다. 보란은 그녀의 젖꼭지에 입술을 댄 채 자신의 옷을 벗기 시작했다.

「제가 도와 드릴게요.」

그녀가 가쁜 숨을 몰아 쉬며 보란의 옷을 벗기려 하자 그는 가만히 그녀의 손을 밀어내고는 스스로 옷을 벗었다.

「맥, 당신을 사랑해요.」

「고마워, 발렌티나.」

그는 부드럽게 말하면서 그녀 옆에 누웠다.

「그런 말은 하지 말아요.」

그녀가 헐떡이면서 말했다.

「당신은 너무 사랑스러운 여자야.」

「사랑해요, 맥!」

「나도 당신을 사랑해.」

「오, 맥……」

「발렌티나……」

그리하여 맥 보란의 휴식은 끝이 났고 다시 바빠지게 되었다.

19
신 념

그녀는 그의 팔에 머리를 대고 그에게 안긴 채로 지친 듯이 늘어져 있었다.

그녀가 고개를 들어 그를 올려다보며 말했다.

「맥, 전 말이에요……..」

「말해 봐, 발렌티나.」

「이것이 마지막이 아니었으면 좋겠어요. 하지만 그럴 수 없다는 것을 알고 있어요. 그래도 전 후회하지 않아요. 그리고 당신에게 감사하고 있어요.」

그는 고개를 돌려 그녀에게 키스를 하고는 말했다.

「미안해, 발렌티나. 당신은 나보다 훨씬 높은 이상을 가진 남자의 사랑을 받아야 했었는데.」

「저는 더 이상 바랄 게 없어요.」

그녀가 수줍은 듯이 미소를 지으며 말했다.

「당신에겐 정말 미안하게 생각해.」

「나쁜 사람들과 싸우지 마세요.」

「뭐라구?」

「이젠 그런 짓 그만둬요, 맥.」

그녀가 진지하게 말하면서 몸을 일으켜 그를 내려다보았다.

「그런 사람들의 일은 잊어버리고 우리 함께 멀리 도망 가요. 그들의 힘이 미치지 못하는 아주 먼 곳으로 말예요. 당신이 원한다면 어디라도 따라가겠어요.」

「조금만 기다려 줘, 발렌티나.」

그는 힘없이 말했다.

「살인은 옳지 않아요. 당신이 이겨서 그들을 모두 없앤다 해도 마지막에 패배하는 건 결국 당신이에요. 악에 대한 해답이 결코 폭력은 아닐 거예요.」

보란은 흥미 있다는 듯이 그녀를 쳐다보았다.

「그러니까 당신 말은 그들과 형제처럼 우애있게 살아가야 한다는 건가? 다시 말해 오른쪽 뺨을 맞으면 왼쪽 뺨도 내밀라는 것인가?」

그는 이렇게 말하면서 벌거벗은 그녀의 등을 손바닥으로 어루만졌다.

「그만 하세요, 간지러워요.」

그녀가 숨이 차서 말했다.

「전 당신에게 진정으로 말하고 있는 거예요.」

「당신처럼 착하고 연약한 여자가 폭력이 무엇인지 알 턱이 없겠지. 악당들이 무슨 짓을 하고 있는지 당신이 어떻게 알겠어, 발렌티나.」

그는 가볍게 웃으면서 말했다.

「악이란 받아들여지는 게 아니에요. 악에는 자비를 베푸는 것 이외에는 아무 방법이 없어요. 하지만 악은 자비를 베푸는 자를 결국 다치게 하겠죠.」

「그건 재미있는 이론인데. 당신은 유태인들이 히틀러의 악 때문에 피해를 입지 않았다고 말하려는 건가?」

「히틀러는 결국 자신이 만들어 놓은 악 때문에 자신이 파멸한 거예요.」

「그래. 그러나 만일 전세계가 히틀러에게 다른 한쪽 뺨을 내밀었다면 지금 이 세상은 어떻게 되었을까? 그가 그쪽마저 찢어 버렸을 게 뻔하지 않을까?」

「세계가 어떻게 되어 있을까 하는 것은…….」

발렌티나는 슬픈 듯이 말을 이었다.

「악에는 악으로 대하는 것이죠. 그 결과 지금 우리는 모든 악을 과거의 유산으로 이어받고 있는 거예요.」

그는 그녀의 허리를 다정하게 두들기며 말했다.

「발렌티나는 어떻게 그런 생각을 하게 되었지? 이봐, 세상에는 두 개의 기본적인 힘이 있어. 그게 바로 선과 악이라는 거지. 난 십자군의 전사는 아니야. 하지만 난, 자꾸만 선 쪽이 아무 일도 하지 않고 그저 방관만 하고 있는 것처럼 생각돼. 선은 좀더 힘을 가지지 않으면 안 되는 거야. 그리고 또 선이 최후에 이기려면 더욱 적에 대하여 강하게 행동하지 않으면 안 돼!」

그들은 한동안 아무 말도 하지 않았다. 발렌티나는 보란의 아랫입술에 자기 입을 가볍게 대고서 생각에 잠긴 듯 침묵을 지키다가 한참만에 입을 열었다.

「지금까지 얼마나 많은 사람들이 고의로 악을 행하려 했다고 생각하세요? 당신이 예로 든 히틀러의 경우를 든다 해도 최종적으로 그가 선이라고 믿고 있는 행위를 하려 했다고 생각지 않으세요?」

「물론 그래. 하지만 다른 사람들은 선이란 것에 대해 다른 생각을 지니고 있었기 때문에 히틀러에게 저항을 했던 거지. 선이란 것은 극히 개인적인 생각에서 본능적으로 구별지어지는 거야. 나도 본능적으로 그것을 느낄 수 있었기 때문에 많은 사람들이 사악한 전쟁이라고 말하는 바보 같은 월남 전선에서도 나는 선 쪽에 서 있다고 자부했었어. 내가 만일 참전하지 않았다면 나는 자신을 아주 비겁한 인간으로 생각했을 거야. 내게 있어서 선과 악의 구별은 아주 개인적인 거지. 지금 내가 하고 있는 이 싸움 역시 마찬가지야. 맨 처음 이 전쟁을 시작한 것은 내가 아니야. 마피아는 너무나 오랫동안 그들 마음대로 행동해 왔어. 어쩌다가 나는 마피아의 악을 알게 되었고 또한 놈들을 때려부수지 않으면 안 된다고 생각했어. 이야기는 극히 개인적이고 단순한 거야. 시덥지 않은 철학이나, 신앙, 또는 평화 운동 따위를 한묶음에 묶어 놓아도 나의 개인적이며 본능적인 감정 앞에서는 아무런 가치도 없게 돼. 마피아는 이 나라의 목구멍에까지 달라붙어 생명의 즙을 빨아먹고 있어. 나는 앞으로 내가 할 수 있는 한 그놈들을 쳐부술 작정이야.」

「그렇게 명확하고 간단하게 세상을 볼 수 있다면 얼마나 좋겠어요?」

발렌티나가 한숨을 쉬며 말했다.

「흔히 철학이니 평화니 운운하는 자들이 나중에 가서는 머리가 혼동되어 뭐가 뭔지 모르게 되어 버리곤 하지. 이 나라엔 그런 사람들이 너무나 많이 있어. 비인도적인 전쟁을 비판하느라고 종종 스트라이크를 일으키고 데모도 하지만 그들이 그것을 절실히 느낀다면 어째서 그 친구들은 상대편에 가담해서 자기들의 진실을 위해 싸우지 않는 거지?」

「당신은 폭력이나 유혈을 전적으로 긍정하는군요.」

발렌티나가 진지하게 말했다.

「아니야, 발렌티나. 난 단지 행동해야 한다고 말했어. 이렇게 한가하게 앉아서 선과 악을 입으로만 떠드는 동안에 적은 유리한 위치에 올라서고 있는지도 몰라. 그렇게 돼서는 안 되지. 자칫하면 달아날 수도 없게 돼. 내가 그들의 숨통을 막아 버리고 이 나라의 모든 바보 같은 놈들이 나를 감옥에 집어넣으려고 쫓아오는 상황이 되더라도 나는 내가 선택한 길을 갈 수밖에 없어. 내가 이 전쟁에 뛰어든 것은 마피아가 존재하고 있기 때문이야. 그들이 악을 행하는 암흑가의 조직이라는 것 자체가 나에 대한 도전이야. 나는 그 도전에 응하려는 것뿐이야. 그런 이유에서 나는 폭력이나 유혈도 불사하는 거지.」

「끝없는 전쟁이군요.」

그녀가 한숨을 쉬며 말했다.

「그래, 끝없는 싸움이지.」

그는 손으로 그녀의 작고 탄력 있는 엉덩이를 어루만졌다.

「결코 물러설 수는 없어. 나는 이제 전세계로부터 도전을 받고 있어. 당신도 알다시피 나는 자유롭지 못해. 이 세상에 존재하는 법은 나의 죄를 덮어 주려 하지 않아. 그래서 법은 나를 항상 쫓아다니고 있어. 군대에서도 탈주병인 나를 쫓고 있어. 게다가 또 귀여운 이상주의자인 당신까지도 나를 붙잡으려 하고 있으니 나는 정말로 세계를 상대로 싸우고 있는 셈이라구.」

「당신은 신병 모집은 안 하세요?」

그녀가 조용히 속삭였다.

「뭐라구?」

그녀는 보란의 몸 위에서 그의 목에다 두 팔을 감고는 힘을 주어 끌어안았다. 그녀의 두 눈에는 눈물이 고여 있었다.

「당신 편이 되고 싶어요. 모집 안 해요?」

그는 대답 대신 발렌티나를 안아 몸을 옆으로 넘어뜨렸다. 그녀의 다리가 그를 휘감았다.

「왜 질 것이 뻔한 쪽에 끼고 싶다는 거지?」

「전 당신이 이길 거라고 믿고 있어요.」

그녀는 분명하게 말했다.

「당신이 그처럼 나를 신뢰하다니…… 정말 감격했어.」

그 말과 동시에 두 사람의 몸이 하나로 겹쳐졌다. 눈물이 고여 있는 그녀의 눈에는 진실이 담겨 있었다.

「당신의 신념은 훌륭해요.」

그녀가 행복한 얼굴로 말했다.

20
이 별

해가 진 지 벌써 몇 시간이 지났다.

맥 보란은 옷을 갈아입고 앞으로 있을 전투에 대비하고 있었다.

여인은 그의 팔에 매달려 작별 키스를 했다.

그녀는 홀스터의 45구경에 손이 닿자 깜짝 놀라 얼른 손을 뺐다.

「조심하세요, 맥.」

그녀가 조용히 말했다.

「그리고 꼭 돌아와 주세요.」

「꼭 돌아오겠어. 하지만 오늘은 아니야. 내일도 알 수 없어. 하지만 언젠가는 꼭 돌아올 거야.」

그가 분명히 대답했다.

「멋있는 신혼이었어요.」

그녀는 한숨을 쉬며 말했다.

「하지만 너무 짧았어!」

그가 웃으며 말하자 발렌티나가 미소를 지으며 고개를 끄덕였다.

「그래요. 정말로 너무 짧았어요.」

그녀는 손가락 끝으로 그의 왼쪽 관자놀이를 가볍게 어루만지며 말했다.

「여기 털이 없어지지 않을까요?」

「귀가 없어지지 않은 게 다행이야.」

그녀의 손이 그의 어깨로 내려갔다.

「어깨는 정말 괜찮아요?」

「오른쪽 어깨가 아니어서 다행이었어.」

「당신은 뭐든지 다행이라고 말하는군요.」

그녀가 코를 찡그리며 말했다.

「커다란 라이플의 개머리판으로 얻어맞아 본 경험이 있다면 당신도 내 기분을 알 거야.」

그가 진지하게 말했다.

「맥, 당신은 피를 보고 싶어해요. 또 무슨 일을 저지르고 싶어서 어디가 근질근질하신 거죠?」

「사실대로 말한다면 당신 말은 틀려.」

그는 다시 웃으며 말을 이었다.

「남에게 상처를 입힌 뒤의 기분은 괴로운 거야.」

그녀는 틈을 주지 않고 말했다.

「그렇다면 왜 당신은…….」

보란은 한 손으로 그녀의 입을 막으며 다정하게 말했다.

「그 이야기는 이제 그만해. 내가 만약 잘못되어 움직이지 못하게 되더라도 어떻게든 당신에게 전화는 걸겠어. 그러나 연락이 없더라도 걱정하지 말아. 전쟁중에는 아무 소식도 없는 쪽이 결국 승리하는 경우가 많으니까. 알겠지? 잠자코 기다려 줘, 발렌티나.」

「언제까지고 기다리고 있겠어요, 맥!」

그녀가 다짐하듯이 단호히 말했다.

그는 불을 끄고 문을 열고 잠깐 뒤돌아보더니 밖으로 나갔다. 발렌티나는 그의 뒷모습이나마 보려고 뒤따라 나왔으나 이미 그의 모습은 어둠 속으로 사라지고 없었다. 그녀는 문을 닫고 들어와 힘없이 어깨를 늘어뜨린 채 얼마 동안 소리없이 울었다. 그녀의 인생에 왜 이런 극적인 사건이 일어난 것일까? 그녀는 불을 켜고 그의 흔적을 찾아보려는 듯 집 안을 돌아보았으나 그의 흔적은 아무 것도 남아 있지 않았다. 모든 흔적은 그와 함께 이미 사라져 버린 것이었다.

그녀는 정신을 가다듬고 텔레비전의 스위치를 넣었다.

「그는 반드시 돌아올 거야.」

21
전력 보강

보란은 공중 전화로 웨더비 형사부장에게 전화를 걸었다.

「이상한 일이군요. 내가 전화할 때 항상 당신은 자리에 있으니 말이오. 당신은 당신의 직업하고 결혼한 거요?」

「아, 보란인가?」

웨더비가 말끝을 퉁겨 올리는 듯한 목소리로 말했다.

「아아, 리비에라에서 휴가를 보내고 방금 돌아왔소. 당신이 내 목소리를 듣고 싶어할까 봐 전화를 한 거요.」

「뭐라구?」

보란의 말에 웨더비가 화를 내며 말했다.

「겨우 자네의 일을 잊게 되었다고 안도의 숨을 쉬고 있는 중이란 말야, 보란. 자네는 어째서 멕시코 같은 데로 꺼져 버리지 않았나?」

「그쪽은 재미가 없지 않소? 그 동안 쭉 텔레비전만 보고 지냈기 때문에 소식은 모두 알고 있소. 나는 멕시코에도 남미에도 가지 않았소. 쭉 이 거리에 숨어 있었다구요. 그런데 그 겁쟁이 친구들은 요즘 어떻게 지내고 있는지 알고 있소?」

보란이 여유 있게 응수했다.

「여기는 사설 탐정 사무소가 아니야, 보란.」

웨더비가 큰 소리로 말했다.

「겁도 없이 이리로 전화를 걸다니. 자네는 여러 건의 살인 혐의로 수배되어 있어. 그 밖에도 여러 가지 죄목이 있지만.」

「그렇지 않아도 지금 겁을 먹고 있소. 하지만 너무 걱정은 하지 말아요. 날이 밝을 때쯤에는 살인 건수가 더 늘어날 테니까 말이오, 웨더비.」

보란이 웃으며 말했다.

「보란, 더 이상 살인은 하지 말게. 비공식적이긴 하지만 시민들은 지금 자네에게 많은 동정을 보내고 있다는 거야. 그 동안 텔레비전을 보았다니 자네도 잘 알고 있겠군. 자수하게, 보란! 그것이 싫다면 지금 자네가 있는 곳을 가르쳐 주게. 내가 마중을 나가겠어. 미국에서 제일로 알아 주는 변호사 두 분이 자네의 변호를 맡겠다고 나섰네. 아마…….」

「걱정 마시오, 부장.」

보란이 웨더비의 말을 가로막았다.

「그렇다고 아무도 가만 있지는 않을 거요. 특히 마피아는 말이오, 그렇지 않소?」

「그런 말을 하고 있을 때가 아니야. 자네가 그놈들에게 시간을 주었기 때문에 놈들은 완전히 원상 복귀하여 지금 기다리고 있을 걸세.」

「물론 그럴 거요. 그래서 당신에게 전화를 걸지 않았소? 뭔가 좋은 정보가 없을까 해서 말이오.」

웨더비의 한숨 소리가 수화기 저쪽에서 들려 왔다. 잠시 후 그가 말했다.

「내가 왜 자네에게 정보를 주는지 알겠나?」

「당신은 내가 당신네 편이라는 것을 알고 있기 때문이죠.」

「자네와 장난하는 것이 아니네, 보란!」

「나도 진정으로 하는 말이오. 나는 당신처럼 거북한 입장에 놓여 있지는 않으니 말이오. 나는 처음으로 그놈들에게 혼을 내주고 벌벌 떨게 해줬소. 당신도 물론 그것은 인정하겠죠? 당신은 도대체 누구 편이오, 웨더비?」

「지금 누구의 편이라는 게 문제가 아니야. 이것은 즉…….」

「직업상의 문제라는 거겠죠. 좋아요. 그렇다면 당신은 앞으로 직업적인 입장에 서서 행동하면 되는 거요. 하지만 나는 지금 그놈들의 동태를 알고 싶소.」

「자네를 경찰의 앞잡이로 생각하고 있네.」

웨더비는 거의 숨이 막힌 듯이 말했다.

「그들은 특공대를 조직했어. 이번에도 자네가 놈들을 공격하려 한다면 그때는 분명히 놈들에게 당하고 말거야. 녀석들은 모든 것을 준비했어. 없는 것은 원자 폭탄뿐일 걸세.」

「정말이오?」

「물론이지. 이젠 승산이 없네, 보란. 한번은 자네가 그놈들을 마구 두들겨 주었지만 이제는 안 돼. 만약 자네가 공격을 재개해서 놈들에게 자네의 위치를 알린다면 자네는 그걸로 마지막이야. 아마추어는 항상 그렇지만 자네는 정말 곤란한 일만 저지르

고 있어. 자네 때문에 우리가 5년간이나 해온 비밀 수사가 하마
터면 물거품이 될 뻔했어.」

잠시 동안 침묵이 흘렀다.

「비밀 수사를 하고 있소?」

「물론이지. 내가 자네에게 말해준 여러 가지 정보가 어떻게 입
수된 것이라고 생각했나?」

「5년 동안이나 말이오. 언제까지 그런 일을 계속할 작정이
오?」

「필요하다면 언제까지라도 계속할 거야. 우리는 그들에 관해
서 확고한 증거를 잡아야 하네. 우리는 지금 때를 기다리고 있는
중이야.」

「5년 동안이나? 그 5년 동안에 놈들이 어떤 짓을 했는지 당신
은 알고 있지 않소, 웨더비?」

형사부장은 초조함을 누르며 답답한 듯이 말했다.

「우리는 우리들이 해야 할 일을 알고 있을 뿐이네.」

「나도 역시 내가 해야 할 일을 잘 알고 있소. 그러나 나는 그
런 일을 위해 5년씩이나 한가히 기다릴 수는 없소. 경찰들을 내
게 접근시키지 마시오, 웨더비. 오늘밤도 한바탕 벌일 참이니까
말이오.」

「그래? 그러나 무슨 일이 있어도 자네가 그렇게 못 하도록 막
을 거야.」

「나를 막으려 해도 소용 없소. 그것은 또한 나와 당신네들의
공동의 적인 놈들만 좋게 해주는 것일 뿐이오. 다시 말하지만 경
찰을 접근시키지 마시오.」

보란은 전화를 끊고 자동차로 돌아와 시트에 몸을 깊숙이 파

묻고는 곰곰이 웨더비의 말을 다시 생각해 보았다. 말할 것도 없이 웨더비의 말이 옳았다. 상황은 지금 그에게 극히 불리했다.

맥 보란은 사실주의적인 군인이었다. 전통적인 전략 행동에서는 강대한 병력과 무기를 갖고 있는 쪽이 반드시 승리했다. 그러나 우위란 항상 수의 문제라고 단정 지을 수는 없다. 1개 소대의 정예는 신병뿐인 1개 중대를 무난히 격파할 수 있다. 한 대의 탱크는 보병 1개 여단을 무찌를 수 있다. 월남전에서는 화기와 기동성이야말로 전략적 우위성을 결정하는 요소였다. 싸움터에서 살아 남는 것이 어떤 것인지 보란은 알고 있었다. 그는 몽상가가 아니며 육탄적인 전법을 오히려 경멸하였다. 만일 그가 불리한 위치에 서 있다면 자신을 적과 대등한 곳으로 끌어올릴 수 있는 무엇인가를 갖고 있지 않으면 안 되었다. 이제까지는 그의 작전대로 잘 되어 왔다. 목적했던 바는 이루어졌다. 적어도 적의 정체를 백일하에 드러나게 한 데는 성공한 것이다. 상류 사회의 명사라는 사회적인 연막 속에 숨어 있는 적을 끌어낸 것이다. 그것뿐만이 아니라 적은 사방에서 모여들어 더욱 그 정체를 선명하게 드러내지 않을 수 없게 된 것이다. 그러나 보란은 그 목적을 달성하기 위해 군사적으로 결정적인 잘못을 범하고 있다는 것을 알고 있었다.

웨더비의 상황 분석은 정확했다. 이번엔 놈들도 치밀하게 계획을 세워 놓고 보란을 죽이려 하고 있을 것이다. 그것도 아마 무서운 함정을 파놓고 말이다. 보란은 그들과 맞설 수 있는 특별한 공격 방법을 찾아내야만 했다. 그러나 단 한 명의 저격수가 중대 병력의 적을 상대로 하여 이길 수 있는 방법이 있단 말인가?

보란은 갑자기 미소를 짓고는 차에 시동을 걸었다. 그리고는 앞을 향해 곧 바로 달리기 시작했다. 우세라는 것은 수의 문제가 아니라고 그는 자신에게 다짐하고 또 했다. 그는 곧 바로 시가지 끝쪽에 있는 공업 지대로 향했다. 그곳에 이르러 그는 창고들이 늘어서 있는 곳으로 들어갔다. 보란은 희미한 기억을 더듬어 나갔다. 수년 전에 그는 특별 임무로 몇 주일 동안 이곳 창고에서 근무했던 적이 있었다. 그때의 그 창고만 찾을 수 있다면…….
다행히도 그 창고는 곧 찾을 수 있었다. 이상하게 지붕이 평평하고 얇은 콜게이트의 철판으로 만들어진 창고였다. 비바람에 의해 거의 바래고 지워진 표찰은 서플러스 엑스포트 INC, 그 밑에 작게 불에 구운 글자로 씌어져 있는 MDI는 보란의 기억으로는 뮤니션 디스트리뷰터스 인터내셔널의 머리 글자였다.

유능한 병기계였던 보란은 짧은 기간이었지만 정부에서 불하한 막대한 양의 잉여 병기와 탄약을 수출하는 이곳에서 병기를 분류 기록하는 일을 맡아본 적이 있었다. 보란이 그 임무를 수행하는 동안에 그가 취급한 병기의 대부분은 이제까지 한 번도 사용한 일이 없는 것들이었다. 그 병기들은 실제로 제2차 세계 대전시의 잉여 병기였다. 미국 국내에서는 팔리지 않는 병기들을 무역 회사는 활발하게 해외로 팔아 넘겨 돈을 벌고 있었다. 보란이 그 임무를 명령받았을 무렵 그러한 무역은 눈부신 활동을 벌이고 있었다. 그는 마음속으로 월남전 때문에 창고가 비어 있지 않길 빌었다. 그는 그때에 이 창고를 통하여 흘러 나가고 있는 무기가 모두 잉여 병기만은 아닐 것이라고 생각하고 있었다. 그러나 보란이 취급하고 있었던 것은 진짜로 구식 병기뿐이었다. 하여튼 구식이라도 좋으니 몇 개의 무기만 손에 들어온다면 다

행이었다. 보란은 출하구의 그늘에 자동차를 세우고 창고의 뒤
쪽으로 돌아가 조심스럽게 주위를 살펴보았다. 그리고 그는 오
랜 기억을 더듬어 경보 장치가 어떻게 되어 있었던가를 생각해
내었다. 그는 자동차로 돌아가 연장 벨트를 허리에 차고 스페어
타이어의 우묵한 곳에서 한 뭉치의 지폐를 꺼내었다. 보란은 침
입하는 순서를 이미 머릿속에서 그려 놓고 있었다.

10분 후, 그는 창고의 통풍구를 타고 내려와 〈특수 병기〉가 있
는 구획으로 걸어갔다. 그는 전략적 우세를 가져올 수 있는 병기
를 민첩하게 골랐다. 그는 그가 골라낸 병기의 전문 용어를 리스
트에 작성하고 그 추정 가격도 적어 넣었다. 그는 완성된 리스트
를 두 번이나 검토하여 계산한 뒤 10퍼센트의 오차를 감안하여
숫자를 더 올려 눈에 띄기 쉬운 장소에다 돈과 리스트를 남겨 놓
았다. 그는 도둑이 아니라고 자신에게 말했다. 그러다가 그는 씁
쓸한 쾌감을 맛보면서 생각했다. 적을 쳐부수기 위한 쇼핑을 적
의 돈으로 한다는 것이 얼마나 재미있는 일인가?

그는 경보 장치를 풀고 공공연하게 출하구의 문을 연 뒤 자동
차에 무기를 싣고 다시 안으로 들어가 경보 장치를 원상태로 해
두고는 들어갔을 때와 같은 방법으로 창고 밖으로 나왔다.

그의 자동차가 움직이기 시작했을 때 창고들의 경비를 맡고
있는 민간 경비원의 자동차가 천천히 반대 방향으로 달려가는
것이 보였다. 보란은 빙긋 웃으며 고속도로로 차를 몰았다.

이렇게 하여 보란은 열세인 화력을 보충했다. 이제 남은 것은
적을 끌어내는 일이다!

22
밤의 축제

보란은 아파트의 뒤쪽 입구에서 자동차를 멈췄다. 그리고는 엘리베이터를 타고 5층으로 올라가 발소리를 죽이고 511호실로 다가가 문에 귀를 대고 안의 기척을 살폈다. 잠시 후 한 남자의 목소리가 들렸다.

「좋아. 지금 곧 가겠어.」

보란은 벨을 누르는 대신 다치지 않은 쪽의 어깨로 벨 근처에 기댔다. 안에서 열쇠 소리가 나는 것과 동시에 그는 방으로 뛰어 들어갔다. 안에 있던 사나이가 깜짝 놀라 뒤로 물러섰다.

「아니? 당신이 어떻게……?」

사나이가 더듬거리며 말했다.

「나를 알고 있군. 옷을 입어. 밖으로 나가야 하니까.」

보란이 차갑게 말했다.

사나이는 몸을 되돌려 아파트의 안쪽으로 뛰어가려 했으나 보란은 사나이의 뒤를 쫓아가 한 팔을 잡아 돌리면서 주먹으로 배를 한 방 후려쳤다. 사나이는 신음 소리를 내며 맥없이 옆에 놓여 있는 작은 테이블에 쓰러지려 했다. 그러나 보란은 쓰러지려는 사나이의 멱살을 잡고 침실로 끌고 갔다.

몇 분 뒤에 두 사람은 아파트의 뒤쪽으로 나와 보란의 자동차에 올라탔다.

아파트의 문에서 서로 얼굴을 마주친 이후부터 두 사람은 계속 아무 말도 하지 않았다. 사나이는 자동차의 뒷좌석에 놓여 있는 덮개를 씌워 놓은 불룩한 것을 보고 물었다.

「저것은 뭐죠?」

「누군가의 시체인지도 모르지.」

보란은 조용히 대답했다.

「쓸데없는 짓을 하면 너도 순식간에 저렇게 될지 모르니 조심하라구!」

사나이는 겁에 질려 몸을 떨며 똑바로 앞을 쳐다보았다. 잠시 후에 그들이 탄 자동차는 에스코트 언리미티드 사무실에 도착했다. 사나이가 먼저 사무실의 문을 열고 들어가자 보란도 뒤따라 안으로 들어갔다.

「대체 무슨 짓을 하려는 거요?」

사나이가 불안한 얼굴로 물었다.

「아, 아무 짓도 하지 않아. 다만 자네에게 한 가지 부탁할 일이 있어.」

보란이 싱긋 웃으며 대답했다.

「매춘을 하고 있는 여자의 명단을 전부 프린트해. 콜 걸, 하우스 걸, 스트리트 걸 등 모두 빠짐없이 말이야. 지금 당장!」

「좋아요, 알았어요.」

프로그래머인 그 사나이가 재빨리 대답했다.

「이상한 버튼은 누르지 말게. 그런 짓을 하면 그것은 죽음을 자초하는 거야. 조심하게. 내가 시키는 것만 하면 돼. 만약 자네가 허튼 짓을 한다면 자네를 그냥 두지는 않을 거야. 알겠지?」

「알고 있소.」

사나이가 힘없이 대답했다.

얼마 후, 보란은 사나이를 거리에 남겨둔 채 자동차를 타고 급히 사라져 갔다. 프로그래머가 이 일에 대해 지껄인다 해도 그에게는 대단한 것이 아니었다. 어쨌든 그의 일이 끝나면 그는 리스트를 웨더비 형사부장에게 보내줄 작정이었다. 이 리스트는 경찰 수사에 많은 도움이 될 것이다. 보란은 그의 시계를 내려다보았다. 새벽 1시가 조금 지나 있었다. 그의 얼굴에 차가운 웃음이 번져 나갔다. 이제부터 엄청난 밤이 시작되는 것이다.

보란은 어두운 홀을 지나 어떤 방문 앞에서 걸음을 멈추고는 잠시 문에다 귀를 대고 안의 동정을 살폈다. 문을 밀치자 열려진 방 안의 풍경은 마치 한 장의 포르노 사진과 같았다.

젊고 아름다운 여인이 흐트러진 침대 발치에 알몸을 걸치고 두 다리를 한껏 벌리고 있었다. 여자의 벌어진 다리 사이에 역시 벌거벗은 사나이가 서서 여자의 허리를 힘차게 껴안고 있었다. 문 여는 소리에 그 여자와 사나이는 놀란 듯이 문에 서 있는 보란을 쳐다보았다. 그러나 사나이는 허리의 움직임을 멈추지 않았다. 야릇하고 환상적인 광경이었다. 보란은 거침없이 방을 가로질러 그들에게로 다가가 손등으로 사나이의 얼굴을 힘껏 내리쳤다. 사나이는 여자의 허리에서 손을 떼며 비틀거리면서 뒤로

물러났다. 보란은 이들이 가엾게도 생각되었으나 성전(聖戰)에
그런 동정은 소용 없다는 것을 생각했다. 사나이를 혼내준 것과
같은 수법으로 여자의 엉덩이를 손바닥으로 세게 때렸다. 여자
는 비명을 지르며 쓰러졌다가 퉁기듯이 몸을 일으키고는 천한
말로 보란을 향해 쉴 새 없이 욕설을 퍼부었다. 사나이는 땅에
흩어져 있는 옷을 주워 들고는 알몸인 채로 방에서 뛰쳐나갔다.
그러자 홀의 끝에 있는 문이 열리면서 25세 가량 되어 보이는 사
나이가 예리한 나이프를 손에 들고 달려와 보란에게 덤벼들었
다. 그러나 보란은 재빨리 사나이의 손을 나꿔채며 나이프를 바
닥에 떨어뜨린 뒤 사나이의 머리를 힘껏 벽에다 밀어붙였다. 힘
없이 방바닥에 쓰러지는 사나이를 보고는 여자가 겁에 질려 소
리를 질렀다. 보란은 여자 쪽을 돌아다보고 이빨을 드러내며 말
했다.

「또 여기서 돈벌이 하고 있는 여자는 없나?」

여자가 지나칠 정도로 고개를 흔들며 말했다.

「아래층에…… 바에 있어요.」

그녀는 겁에 질려 보란을 똑바로 쳐다보지도 않고 말했다.

「그래? 확인해 볼까?」

보란은 방에서 나와 홀에 접한 문을 모조리 열며 지나갔다. 방
은 모두 여섯 개가 있었는데 모두 비어 있었고 마지막 방에 수확
물이 있었다.

두 여자가 알몸인 채로 침대 위에서 뒹굴고 있었다. 두 사람은
서로 얽혀 있었으며 머리는 잘 보이지 않았다.

「소란이 귀에 들리지 않나?」

보란은 큰 소리로 말하고 한 손을 뻗어 엉켜 있는 두 여자를

단숨에 방바닥으로 끌어내렸다. 40세가 훨씬 넘어 보이는 여자의 황홀한 표정이 갑자기 험악해졌다.

「뭐예요? 당장 나가요!」

여자가 화가 나서 소리쳤다.

「돈을 벌고 있는 건 어느 쪽이야?」

보란이 웃으며 물었다.

아름답게 생긴 젊은 여인이 천천히 일어서더니 겁에 질린 얼굴로 보란을 쳐다보았다.

「나를 때리겠어요? 회초리는 가지고 있나요?」

그녀는 얼빠진 목소리로 말했다.

「이리 와!」

보란은 여자를 잡아 끌어 손바닥으로 여자의 엉덩이를 두들겨 주고는 다시 그녀를 침대로 떠밀었다. 그리고 옆의 의자에 걸쳐져 있는 나이 많은 여자의 옷을 집어 들고는 멍청히 서 있는 여자의 목에 감아준 뒤 밖으로 내쫓았다.

「싹 꺼져 버리는 게 좋을 거야!」

그는 여자에게 겁을 주면서 말했다.

「곧 이곳을 날려 버릴 테니 말야!」

여자는 울상을 하고는 옷을 입을 생각도 못 하고 알몸인 그대로 달아났다. 보란은 빙그레 웃으며 달아나는 여자를 바라보다가 다시 방으로 되돌아왔다. 젊은 여자는 당황해서 침대 커버로 허리 근처를 가렸다.

「레오에게 전해! 나는 메인 스트리트의 창녀집이 마음에 들지 않았다고 말야.」

보란은 그렇게 말하고 저격수의 메달을 침대 위에 던졌다.

「꼭 그렇게 말해!」

그는 방에서 나와 조용히 뒷계단을 내려와 자동차를 타고 달리기 시작했다. 10분 후 그는 시내 주택가에 있는 어느 저택의 뒤쪽에다 차를 세웠다. 그는 파일에 적힌 리스트를 보고는 만족스럽게 웃으며 차에서 내려 그 집의 뒷문으로 걸어갔다. 잠시 후 그는 자동차로 돌아와 트렁크에서 쇠지렛대를 꺼내 다시 뒷문 쪽으로 갔다. 그가 정확한 위치에 쇠지렛대를 대고 비틀자 문이 열렸다. 그는 곧 열려진 문으로 들어갔다. 안은 좁은 홀이었으며 오른쪽 유리 창문을 통해 부엌이 보였다. 홀의 안쪽 벽에는 또 하나의 문이 있었다. 그리고 문의 저쪽에서는 무엇인가 시끄러운 소리가 들려 왔다. 하이파이 전축의 높은 볼륨과 남녀의 괴성으로 보아 방 안의 분위기는 충분히 짐작이 갔다.

보란은 권총을 뽑아 들고 부엌의 문을 열고 들어갔다. 눈앞에 벌거벗은 여자가 술에 취한 것 같은 모습으로 타일 위에 서서 냉장고의 얼음을 꺼내려고 애쓰고 있었다.

「그렇게 벗고 있으면 얼어 버릴 텐데!」

그녀의 옆을 지나가면서 보란이 한마디 했다.

「그럴 리가 있겠어요?」

그녀가 중얼거렸으나 그가 어떤 사람인가에 대해서는 알려고 하지 않았다.

커다란 방 안에는 값비싼 동양풍의 고급 카펫이 깔려 있었으며 많은 인간들이 취해서 서로 끌어안고 웅성거리고 있었다. 불빛은 어두웠고 아무도 움직이고 있지는 않으나 이야기는 끊임 없이 계속되는 것같이 생각되었다.

거기서 보란을 알아보는 사람은 아무도 없었다. 그는 부엌으로 되돌아가 아직도 얼음을 꺼내지 못하고 있는 알몸의 여자를 위해 얼음을 꺼내 주고 그 답례로서 키스를 받았다. 그는 현관으로 나와 세탁용 수도를 살펴보았다.

그는 들어올 때 정원에 살수용 호스가 있는 것을 봐두었었다. 그는 정원에서 호스를 가지고 들어와 한쪽 끝을 세탁용 수도에 끼우고 반대쪽 끝을 클립으로 막은 후 수도 꼭지를 한껏 비틀어 찬 물이 나오게 했다. 그리고 그는 호스를 끌고 안으로 들어갔다.

부엌 바닥에서 얼음을 줍고 있는 나체의 여자 엉덩이를 가볍게 두들기고는 방 안으로 갔다. 벽에 붙어 있는 스위치를 누르자 천장의 불이 모두 켜졌다. 여기저기서 투덜거리는 소리가 들리고 누군가가 소리쳤다.

「왜 또 불을 켜는 거야!」

방에는 30명 가량의 남녀가 있었는데 모두가 알몸이었다. 그리고 그들은 서로 복잡하게 손발과 상반신이 엉켜 있었다. 방 가운데 있던 젊은 여자가 째지는 듯한 목소리로 고함을 질렀다. 보란이 예리한 눈으로 그 여자를 바라보았다. 그 여자는 사방으로 몸을 맡기고 있었다. 그 상태로서는 소리를 지르려면 째지는 듯한 소리가 되어 버리는 것이 당연했다. 다른 쪽에서도 불이 켜졌다고 불평하는 소리가 들려 왔다. 보란은 슬픈 듯이 고개를 흔들면서 큰 소리로 말했다.

「모두 이쪽을 봐! 맥 보란이다!」

그러나 두세 사람이 꿈틀하고 몸을 돌렸을 뿐이었다. 보란은 45구경의 안전 장치를 풀어 전축을 쏘아 구멍을 냈다. 음악 소리가 갑자기 멈췄다. 귀청을 울린 총소리에 방 안의 남녀들은 모두

놀란 얼굴로 보란을 바라보았다. 보란은 호스 끝의 클립을 벗겨
내어 그들을 향해 찬 물을 마구 뿌려 댔다. 그러면서도 자신이
왜 이런 짓궂은 짓을 하는지 알 수 없었다. 여기저기서 고함 소
리와 불평하는 소리가 터져 나왔다. 사나이들은 욕을 하면서 꾸
물거리며 움직이기 시작했고 여자들은 저마다 비명을 질러 댔
다. 보란은 호스를 방에다 그대로 버려 두고는 부엌으로 들어가
그 나체의 여자에게 키스의 답례를 한 다음 여자의 부풀어 오른
우윳빛 유방 위에 저격수의 메달을 걸어 놓고 그곳을 나왔다.

그는 또 마지막으로 성전을 장식하기 위해 꼭 가야 할 곳이 있
었다. 그는 신중히 그 장소를 선택하기 위해 교외를 향해 차를
달리기 시작했다.

정각 2시 30분, 보란은 시가의 동쪽에 있는 인가도 드문 교외
의 한 호화로운 저택에서 약 100야드 가량 떨어져 있는 숲속에
차를 세웠다. 그는 자동차의 뒷좌석에서 커다란 통조림 크기의
연막탄 세 개를 꺼내어 주머니에 넣고는 숲을 지나 저택 쪽으로
걸어갔다. 저택의 창에는 모두 커튼이 드리워져 있었으나 불빛
이 밖으로 흘러 나오고 있다. 요란한 음악 소리와 여자들의 간드
러진 웃음소리가 보란의 귀에 들렸다. 주차장에 있는 많은 자동
차들로 보아 오늘의 파티는 꽤 요란한 것 같았다. 그는 몸을 숙
이지도 않고 정원을 가로질러 저택 쪽으로 가까이 다가가서 걸
음을 멈추고 귀를 기울였다. 얼마 동안 그러고 있으려니까 바로
가까운데서 사나이의 목소리가 들렸다. 곧 이어 다른 사나이가
소리를 죽이고 킥킥거리며 웃었다. 보란은 소리가 나는 쪽으로
다가가 목소리의 주인공을 확인했다. 커다란 저택의 끝에서 15
피트 정도 떨어진 곳에 두 사나이가 보란에게 등을 돌리고 서 있

었다. 두 사나이는 각각 총신이 짧은 총을 느슨하게 안고 태평스럽게 농담을 하고 있었다.

「이런 곳에 오는 친구들은 머리가 돈 게 아닐까? 나 같으면 이런 파티에 250달러를 지불하는 바보 같은 짓은 안 할 거야.」

「이봐, 저 친구들의 250달러는 자네나 나 같은 것의 25센트보다도 가치가 없는 거야.」

다른 사나이가 부러운 듯이 말했다.

「25센트로 저렇게 즐길 수 있다면 나는 기꺼이 투자하겠네.」

「분명히 레오도 여기 올 것이라고 했지?」

키가 작은 사나이가 주머니를 뒤적거리더니 담배를 꺼내 불을 붙이면서 물었다.

「아직 오지 않은 것 같은데 자네 혹시 레오를 봤나?」

「아냐, 레오는 오늘도 여기 오지 않을 거야. 내기를 해도 좋다구. 검은 옷의 사나이가 날뛰고 있으니 그 친구들은 겁이 나서 꼼짝 않고 움츠리고 있을 거야.」

「난 쓸모없는 이 총으로 레오의 엉덩이를 후려갈기고 싶어. 이런 것을 들고 있으려니 무거워서 견딜 수가 있어야 말이지.」

「그렇다면 그것을 땅에 내려놓게!」

갑자기 그들의 등 뒤에서 낮은 목소리가 들려 왔다.

「그러나 가만히 내려놓으라구. 움직이거나 소리를 내면 목숨은 없어.」

두 사나이는 놀라 서로 얼굴을 쳐다보았다. 키가 작은 사나이는 총을 가진 팔을 똑바로 앞으로 뻗고 천천히 몸을 굽혀 총을 땅에 내려놓았다. 그러나 키가 큰 사나이는 잠자코 있지 않았다.

「누구야, 당신은?」

사나이는 똑바로 앞을 보고 물었다.

「지금 내 이야기를 하고 있었잖은가?」

보란이 대답했다.

「뭐라고? 그럼 당신이……」

사나이의 말은 커다란 45구경 권총의 총알이 그의 관자놀이를 뚫고 지나가자 딱 끊겼다. 사나이는 힘없이 푹 쓰러졌다. 그러자 검은 옷의 사나이는 땅바닥에 놓여 있는 총을 집어 들어 총신의 뒷부분을 벗겨 내고는 날카로운 나이프의 끝을 키가 작은 사나이의 목에 갖다 댔다.

「너를 죽이고 싶은 생각은 없어, 꼬마야.」

보란이 조용히 말했다.

「내가 물어 보는 말에 순순히 대답만 해준다면 지금 죽게 되는 비극은 없을 거야. 알겠지?」

사나이는 뭍에 올라온 물고기처럼 입술을 떨며 헛기침을 하고 나서 겨우 입을 열었다.

「무엇이든지 말하겠소.」

「감시원은 모두 몇 명이나 있나?」

「두 사람 더 있습니다.」

「그들도 총을 갖고 있나?」

「물론이죠. 그리고 규칙상 이렇게 모여 있으면 안 됩니다.」

그는 모든 것을 다 털어놓을 모양이었다.

「내 위치는 정면이고 찰리는 이쪽이었죠. 매트는 뒤쪽이고 앤드가 그 반대쪽이에요. 그리고 집 안에 두 명이 더 있어요. 이층에 한 명이 있고, 다른 한 명은 정면 입구를 지키고 있어요. 그들은 이것 대신에 숄더 홀스터로 총을 차고 있어요.」

「창녀집치고는 경비가 지나치게 삼엄한데?」

검은 옷의 사나이가 낮은 목소리로 말했다.

「당신이 녀석들을 마음대로 쥐고 흔들었기 때문이오.」

사나이가 말했다. 그의 목소리가 어딘지 모르게 쉰 것처럼 들렸다.

「녀석들은 지금 벌벌 떨고 있어요. 우리의 급료를 올려줄 정도로 말입니다.」

「게다가 나를 죽이면 보너스까지 준다고 했겠지?」

「보너스 정도가 아니오. 자그마치 10만 달러요.」

「넌 보너스를 받을 생각이 없나? 10만 달러가 무척 욕심이 날 텐데…….」

「내가요?」

사나이의 쉰 듯한 목소리가 갑자기 본래대로 돌아왔다.

「내가 말이오? 천만에요. 난 그럴 생각이 조금도 없소. 또 난 당신에게 원한도 없으니 말이오. 검은 옷차림 씨, 잠깐만 기다려요. 그리고 당신이 시키는 대로 할 테니 제발 그 나이프 좀 치워 줘요. 조금만 더 밀어 대면 내 목이 잘라질 것 같아요.」

사나이가 겁에 질려 얼굴을 찡그리면서 애원하듯이 말했다.

「얌전히 굴어! 서툰 짓 하면 당장 네 목을 잘라 버릴 테니까, 알았지? 이름이 뭐야?」

「내 이름은 해리요.」

「말해 봐, 해리. 저기 커다란 창문이 있는 방은 무엇을 하는 곳이지?」

「아아, 저건 바 같은 곳이오. 방 한가운데를 터서 만든 아주 큰 클럽 룸 같은 거죠. 지금은 마침 파티중이오. 한창 열이 올라 있을 거요.」

「무슨 파티지, 해리?」

「섹스 파티예요.」

「이층은?」

「모두가 침실이에요. 그리고 참, 홀 끝에 거실 비슷한 방이 하나 있는데 바로 그곳에 이층의 감시원이 있어요.」

「파티를 하고 있는 방의 저쪽에는 무엇이 있나?」

「아까 말했잖아요? 벽의 문들을 옆으로 붙여 버리면 거기는 커다란 하나의 방이 되는 거라구요. 끝에서 끝까지 말이오.」

「지금 안에는 몇 사람이나 있지?」

「확실히는 잘 모르지만 32명까지는 내가 세어 보았소. 아마 그보다 많은 게 분명하지만 32명은 틀림없이 저 안에 있을 거요.」

「여자는?」

「물론 여자도 있죠. 정식이 25명, 그리고 스페셜이 15명쯤 될 거요.」

「스페셜이라면 어떤 여자를 말하는 건가?」

「섹스의 묘기 같은 특기를 갖고 있는 여자를 말하는 거죠.」

「과연 그렇겠군! 좋아, 해리. 많은 참고가 되었어. 만약 네가 말한 것이 거짓말일 때에는 나는 여기로 다시 돌아와 너를 갈기갈기 찢어 놓을 거야, 알겠지?」

「나는 거짓말 같은 것은 하지 않아요.」

「그럼 가볼까?」

그는 그렇게 말하고는 사나이의 목에 대고 있던 나이프를 떼자마자 사나이의 뒤통수를 45구경의 손잡이로 한 대 후려쳤다. 말 많은 제보자는 소리도 없이 쓰러졌다. 보란은 사나이의 총을 집어 들고 언제든지 쏠 수 있는 상태로 장탄한 뒤 저택의 커다란 창문을 향해 발걸음을 옮겼다. 그는 허리에 매단 주머니에서 연막탄을 한 개 꺼내어 땅 위에 놓고 총으로 유리창을 두들겨 깨고는 유리 파편을 피하기 위해 한 걸음 뒤로 물러섰다. 커다란 창문이 굉장한 소리를 내며 떨어지는 순간 그는 날아오는 파편을 피하면서 커튼 너머로 보이는 천장을 향해 총의 두 방아쇠를 한꺼번에 당겼다. 폭탄이 터지는 것과 같은 굉음은 안에 있는 사람들의 귀에는 이 세상의 종말을 알리는 소리처럼 들렸을 것이 틀림없었다. 두꺼운 커튼에는 수박만한 크기의 구멍이 뻥 뚫려져 있었다. 보란은 연막탄의 고리를 잡아당긴 뒤 커튼의 구멍으로 그것을 집어 던졌다. 곧 이어 짙은 연기가 커튼의 구멍을 통해 뿜어져 나와 순식간에 커튼과 창틀 사이를 가득 채웠다. 그리고 보란은 쓰러져 있는 감시원 쪽으로 달려갔다. 보란의 등 뒤에서는 수많은 남녀의 아우성 소리가 들려 왔다. 그는 땅에서 총을 주워 들고 다시 조립한 뒤 발포에 대비했다. 바로 그때 저택의 반대쪽에 있던 감시원이 모퉁이를 돌아 뛰어나오고 있었다. 보란은 그쪽으로 총을 돌려 방아쇠를 당겼다. 맨 앞에 달려오던 사나이가 가슴에 총알을 맞고는 부서진 인형처럼 허공을 한 바퀴 돌아 땅바닥에 쓰러졌다. 곧 이어 같은 방향에서 또 한 사나이가 나타났다. 보란이 다시 총의 방아쇠를 당기자 사나이는 찢어지는 듯한 고함을 지르며 총알 맞은 배를 부둥켜안고 쓰러졌다. 보란은 탄환이 다 떨어진 총을 땅바닥에 집어 던지고 자신의 45구경을 뽑아 들었다. 이때 이층의 창문이 활짝 열리면서 손에 총을 쥔 한 사나이가 어리석게도 밝은 불빛 속에서 몸을 내밀었다. 맥 보란의 45구경이 이층 창문을 향해 불을 뿜자마자 사나이는 뒤로 몸을 젖히듯 창문 안으로 쓰러지며 사라졌다.

보란은 재빨리 정면의 입구로 달려갔다. 그러자 또 한 사나이가 총을 겨누며 현관 쪽에서 뛰어나와 그를 향해 마구 쏘아 댔다. 보란은 한쪽 무릎을 꿇고 그를 향해 방아쇠를 당겼다. 이쪽으로 달려오고 있던 사나이는 허수아비처럼 사격을 멈추더니 땅바닥에 쓰러졌다. 보란은 다시 저택의 옆쪽으로 돌아가 연막탄을 이층 창문으로 던져 넣었다. 그리고 그는 자동차로 돌아와 급히 사우스힐스를 향해 달리기 시작했다. 성전의 전초전은 끝났다.

이제 곧 대살육의 막이 오를 것이다.

보란은 서곡의 연주가 너무 길지 않았는지 갑자기 걱정이 되었다.

23
비상 사태

「그 미친 놈이 날뛰는 바람에 간신히 도망쳐 왔어요!」

플래스키가 세르지오의 침실로 뛰어들면서 큰 소리로 말했다.

「레오도 지금 이리로 오고 있어요. 그리고⋯⋯.」

「잠깐 진정하게.」

노인이 그의 말을 가로막으면서 낮은 소리로 말했다.

「이것 봐, 좀 조용히 하라구!」

그는 옆에 서 있는 보디가드에게 고갯짓으로 무엇인가를 지시했다. 보디가드는 알았다는 듯이 고개를 끄덕이고는 거실로 가서 책상 위의 전화를 집어 들었다. 세르지오가 침대 끝에 나와 앉으며 말했다.

「네트, 뭐가 어떻게 되었다는 건가?」

「제 말은 보란이라는 놈이 또 날뛰기 시작했다는 겁니다.」

플래스키는 잠시 숨을 가다듬더니 불만스러운 얼굴로 말을 계속했다.

「놈은 한 시간도 안 되는 동안 레오의 창녀집을 세 곳이나 부숴 버렸어요. 그리고 메도스에서는 경비원을 네 명이나 죽였어요. 지금 레오가 월트와 함께 이곳으로 오고 있어요.」

「그렇다면 우리가 계획했던 대로 되었군. 안 그런가?」

세르지오가 얼굴에 미소를 띠고 말했다.

「그래요. 하지만 영감님은 놈이 하는 짓을 그냥 보고 있기만 할 건가요?」

「그럼 자넨 더 좋은 방법이 있단 말인가?」

「네, 세르지오님. 우선 경비를 철저히 해야 합니다. 그리고 전원 소집을…….」

「그런 건 지금 테리가 진행하고 있네.」

세르지오는 거실에서 전화를 걸고 있는 사나이를 보면서 말했다.

「우선 내가 지시하는 대로만 해. 지금 곧 회의실에 가서 무대가 잘 되어 있는지 확인해 보게, 알겠나?」

「알겠습니다, 세르지오님. 곧 가서 확인하겠습니다.」

그는 급히 방을 나와 이층에 있는 큰 회의실로 갔다.

회의실에는 모든 게 잘 준비되어 있었다. 그리고 의자마다 사람들이 모두 앉아 있었다. 플래스키는 의자에 앉아 있는 마네킹의 자세를 고쳐 주고 테이블 위의 술병들을 마네킹 가까이에 옮겨 놓았다. 그리고는 자동으로 된 전자 장치 버튼을 눌렀다. 전자 장치는 곧 일정한 간격으로 움직이면서 커튼에 비치는 그림자에 움직임을 주는 것이었다.

플래스키는 만족한 듯이 미소를 지으면서 밖으로 나가 이층의

창문을 올려다보았다. 밖에서 보기에 그것은 완전했다. 방 안에
서는 열기를 띤 집회가 진행되고 있는 것같이 보였다. 플래스키
는 세기의 이단자를 맞이하는 가족의 전략적 환영회에 기대를
걸며 천천히 사방을 훑어보았다.

월트 시모어는 벌써부터 흥분을 억제하지 못하겠는지 들뜬 모
습이었다.

「그런데 레오, 오늘밤 놈이 사우스힐스를 공격해 오리라는 것
을 어떻게 알았지?」

그는 터린을 쳐다보면서 초조한 듯 물었다.

터린은 기분 나쁘게 웃으며 프리웨이의 갈림길을 내려와 호화
로운 저택들이 띄엄띄엄 떨어져 있는 고급 주택가의 오르막길을
오르기 시작했다.

「놈의 수법은 뻔한 거야. 놈은 우리의 매춘 영업을 못 하게 하
려는 것이 아니야. 놈이 진짜로 노리는 것은 우리를 마구 짓밟아
버리는 거라구. 한 번은 그것이 들어맞았지. 그래서 놈은 또 같
은 수법으로 우리에게 겁을 줘서는 우리 가족들이 한곳으로 모
이기를 기다리고 있는 거지. 우리가 모두 모였을 때 독 안의 쥐
를 잡듯이 한꺼번에 쳐부수려는 것이 놈의 계획이겠지. 우린 바
로 그것을 기다리고 있는 거라네, 월트.」

「그런데 놈은 어디에 숨어 있다 나타나는 것일까?」

시모어의 얼굴에 경외의 빛이 떠올랐다.

「글쎄……. 나도 놈이 상처가 나을 동안 도대체 어디에 숨어
있었는지 궁금해. 지난번에 놈이 우리 집에 쳐들어 왔을 때 내
마누라가 틀림없이 놈을 명중시켰는데 말이야.」

그는 이상하다는 듯이 얼굴을 찌푸리며 말했다.

「하지만 오늘밤에 놈이 저지른 짓을 보면 크게 다친 것 같지는 않아. 하여튼 대단한 놈이야.」

「놈은 반드시 또 쳐들어 올 거야. 어딘가 가까운 곳에 숨어서 우리를 지켜보고 있을지도 몰라. 망원경 같은 것으로 말야.」

터린이 몸을 떨며 말했다.

「아니면 저격병들이 쓰는 적외선 망원 렌즈 같은 걸로 우리를 감시하고 있을 거야. 레오, 자네 군대에 있을 때 적외선 망원 렌즈를 사용해 보았나?」

「그래, 그건 굉장한 거였지. 2500야드 정도의 거리에서 파리의 입이 보일 정도라네.」

「파리의 입이 보일 정도라구?」

시모어가 말도 안 된다는 듯이 터린을 쳐다보며 웃음을 터뜨리자 터린도 따라 웃었다.

「그러나 또 한 번 놈이 우리에게 미친 짓을 해온다면 그땐 놈의 숨통을 끊어 버려야 돼.」

「그래, 이번엔 아주 끝장을 내줘야 한다구.」

그러나 세르지오 프랭키의 저택으로 걸어 들어가고 있는 그들의 얼굴은 비가 오기 전의 하늘만큼이나 어두워져 있었다.

보란은 공중전화 부스로 들어가 수화기를 들고 천천히 다이얼을 돌렸다.

처음의 신호가 채 끝나기도 전에 여인의 떨리는 목소리가 들려 왔다.

「여보세요?」

「나는 침실의 유령이야.」

보란이 유쾌하게 말했다.

「오! 맥! 당신 무사했군요.」

「물론이지, 발렌티나! 그런데 나의 불타는 정열이 당신을 그리워한단 말이야. 당신이 걱정할까 봐 전화했어. 당신, 내 전화를 기다리고 있었나 보군.」

「맥, 당신과 함께가 아니라면 이젠 혼자서는 침대에 들어가지 않을 거예요. 저는 지금까지 긴 의자에 앉아서 당신을 기다리고 있었어요. 제발 무사히 돌아와 줘요, 맥. 제발……..」

그녀의 목소리는 떨리고 있었다.

「유산이라 생각하고 당신이 맡아줘. 그 돈은 누구의 돈도 아닌 내 돈이니까 말이야. 알겠지, 발렌티나?」

「맥, 그런 말은 하지 말아요. 당신이 돌아오는 것만이 제 소원이에요. 무슨 일이 있어도 당신은 꼭 제게로 돌아와야 해요. 전 당신만이 필요해요!」

「그런 소릴 해서 미안해. 하지만 내게 어린 동생이 있다는 것을 당신도 알고 있지? 동생은 돈이 필요해. 그래서 하는 말이니……..」

「맥, 참을 수가 없어요.」

그녀의 울음소리가 전화기 저쪽에서 들려 왔다.

「울지 말아요, 발렌티나. 모든 게 다 잘될 거야. 난 그저 당신에게 돈 얘기를 해두고 싶었을 뿐이야.」

「제게 필요한 건 오직 당신뿐이에요. 맥, 당장 전화를 끊고 제게로 돌아와 주세요. 제발 부탁이에요.」

그녀가 훌쩍거리며 말했다.

「당신은 나를 무척 곤란하게 만드는군. 이 일은 내가 꼭 하지 않으면 안 된다는 것을 당신도 잘 알고 있잖아?」

그가 달래듯이 말했으나 그녀는 말없이 울고만 있었다. 한참 후에야 그녀는 울음을 그치고 침착하게 말했다.

「알겠어요. 용기를 내겠어요, 맥.」

「그래야지, 나의 귀여운 아가씨. 이젠 침대로 들어가서 편안히 자요. 내가 집에 돌아가면 졸리지 않는 얼굴로 나를 반겨 줘야지.」

「그러겠어요, 맥.」

「사랑해, 발렌티나!」

「오! 맥, 사랑해요! 사랑해요!」

「이런 연애도 멋있군. 그렇게 생각 안 해, 발렌티나?」

보란이 유쾌하게 웃으며 말했다.

「그래요, 정말 멋있어요.」

「자, 그럼 일을 시작할 때가 되었군. 당신은 걱정하지 말고 나를 기다리고 있어야 해.」

「약속하겠어요, 맥. 조용히 기다릴게요. 그리고 또…….」

「또 뭐지?」

「전 당신이 누구를 죽이든 몇 사람을 죽이든 상관하지 않겠어요. 하지만 꼭 돌아와 주세요.」

「꼭 돌아가지.」

그는 웃으며 말했다.

전화를 끊고 나자 지금까지 웃고 있던 그의 얼굴은 어느새 차가운 표정으로 바뀌었다. 지금 그는 그 어느 때보다도 더 생의 애착을 느끼고 있었다. 그러나 그는 지금 그 어느 때보다도 더 위험한 순간을 맞이해야만 한다.

「발렌티나, 난 꼭 돌아간다!」

그는 수화기에 가볍게 입술을 갖다 대었다. 그리고 적들의 긴급 회의를 부숴 버리기 위해 그는 그 자리를 떠났다.

메트로폴리탄 경찰국의 형사부장 알 웨더비는 보온병과 샌드위치를 들고 젊은 부하인 존 파파스 경사와 함께 차고로 내려갔다.

「이봐, 조니. 우리가 입수한 정보가 정확하다면 오늘밤이 틀림없네.」

「오늘밤에 놈들이 운영하는 창녀집이 세 곳이나 당했다면서요?」

파파스 경사가 싱글거리면서 말했다.

「그래, 하지만 그렇게 신나는 얼굴은 하지 말게. 그 녀석은 우리까지도 바보로 만들고 있단 말이야.」

조금 후 그들은 자동차의 문을 열었다. 파파스가 먼저 차 안으로 미끄러지듯 들어가 웨더비가 내미는 짐을 받았다.

「아니 이 많은 걸 오늘밤에 다 먹어 치울 생각입니까?」

「나 혼자 먹을 건 아니야. 우리 두 사람의 몫이지. 오늘밤은 상당히 길 테니까 이 정도는 먹어야 할 거야.」

웨더비가 웃으며 말했다.

「이제 겨우 3시가 넘었는데, 전 2시에 식사를 했으니 뭐 별로 먹지 않아도 될 것 같은데요?」

「아침 식사는 아마 늦어질 거야. 그러니 든든히 먹어둘 게 있어야 해.」

웨더비가 신호를 보내자 자동차는 가볍게 비탈길을 올라갔다.

「출동한 병력은 얼마나 됩니까?」

파파스 경사가 큰 소리로 물었다.

「현장 주위에 모두 12대의 차가 배치돼 있어. 사건이 발생하면 그 중 8대는 직접 행동에 돌입할 게고 나머지 4대는 증원이 필요할 때 투입될 지원반이야. 물론 보안관도 협력하고 있어. 보안관은 골짜기 쪽에 최소한 12명 이상 투입하기로 돼 있네.」

「기마대인가요?」

「가능하면 기마대를 배치하겠다고 했는데 잘 모르겠어.」

「그를 잡을 수 있을까요?」

「아마 이번엔 빠져 나가지 못할 거야. 하지만……」

웨더비 부장은 잠시 생각에 잠기는 듯했다. 그리고 파파스 경사에게 얼굴을 돌리고 다시 입을 열었다.

「하지만 신문쟁이들 말처럼 그놈이 유령이라면 잡히지 않을지도 모르겠어.」

그들이 탄 차는 점점 더 속력을 내고 있었다.

「조니! 그렇게 서둘러 달리지 않아도 돼.」

웨더비가 과속이 염려되는지 운전석에 앉은 파파스에게 말했다.

「늦으면 안 되잖아요!」

파파스가 웃으며 웨더비에게 얼굴을 돌렸다.

「그리고 전 이 멋진 구경거리를 놓치고 싶지 않으니까요.」

형사부장은 아무 말 없이 두 손으로 얼굴을 문질렀다. 잠시 후 그는 나직이 중얼거렸다.

「마침내 그는 아마겟돈이라고 불리는 곳으로 그들을 모이게 했으니…….」

「네? 무슨 얘기죠?」

파파스 경사가 어리둥절한 표정으로 물었다.

「요한 계시록의 한 구절이야. 그 구절이 바로 이런 상황을 두고 한 말 같다구.」

파파스는 무의식중에 몸을 한 번 떨더니 마치 핸들을 덮듯 상체를 앞으로 잔뜩 숙였다.

「아마겟돈이라는 곳으로…….」

그는 부장의 말을 그대로 받아 외어 보았다. 그리고 머리를 끄덕거렸다.

「말하자면 지옥과 같은 곳이란 말씀이시죠?」

「아니야. 지옥은 아니라구! 아마겟돈이란 두 세력이 최후의 결전을 치렀던 장소란 말이야. 이봐! 조심해!」

파파스 경사는 느릿느릿 달리고 있던 두 대의 자동차 사이를 마치 곡예를 하듯 아슬아슬하게 빠져 나갔다. 그때 웨더비의 몸은 한쪽으로 처박히듯 했다.

부장은 화가 난 듯 뭐라고 혼잣말로 투덜거렸다.

「두 세력이라구요?」

파파스는 재미있다는 듯 웃으며 그의 투덜거림을 완전히 무시한 채 다시 물었다.

「선과 악, 두 개의 세력을 말하는 거야. 이봐, 파파스! 정말 이렇게 속력을 내다간 바로 이 고속도로 위가 아마겟돈이 되고 말거야! 명령이야! 당장 속력을 늦춰!」

파파스는 하는 수 없이 액셀러레이터를 밟고 있던 발에서 힘을 뺐다. 그리고 염려스럽다는 듯 말했다.

「늦지는 않아야죠. 정말이지 저는 아마겟돈의 결전을 놓치고
싶진 않다구요.」

「자네의 그 말, 꼭 실감이 나도록 해줄 테니 걱정 말게!」

웨더비 부장이 느긋하게 말했다.

24
처형의 언덕

맥 보란은 세밀하게 지형 정찰을 해두었던 숲속 으슥한 곳에 차를 세웠다. 그곳은 세르지오 프랭키의 사우스힐스 저택의 정면에 있는 언덕으로 숲이 우거진 곳이었다.

그는 그곳에서 얼마간 나무 사이를 헤치고 나가 언덕의 움푹 패인 곳의 진지를 다시 한 번 확인했다. 여러 가지 점을 고려할 때 역시 안성맞춤인 곳이었다.

그는 자동차에 실려 있는 병기들을 그곳까지 운반하느라 여러 차례 그 진지와 자동차 사이를 왕래했다. 그는 그 언덕을 〈처형의 언덕〉이라 부르기로 작정했다. 근처에는 인가가 전혀 없었으며 그 진지에서 얼마 떨어지지 않은 곳에 얼마간의 택지가 조성돼 있긴 했으나 아직 들어선 저택은 하나도 없었다. 그러나 그는 자동차와 진지 사이를 왕래하는 동안 몇 번이나 인기척을 느낄 수 있었다. 보란이 잔뜩 긴장한 채 숨을 죽이고 귀를 기울이자

멀리서 웅성거리는 소리가 느껴졌다. 한 번은 욕지거리를 늘어놓는 소리를 듣기도 했다. 그리고 세 번째에 드디어 3, 40야드 전방에서 사람을 태운 말이 지나가는 것을 보았다. 경사가 많이 진 곳이라 말은 미끄러지듯 내려가고 있었다. 어둠 속에 비친 말 위의 사람은 순찰 보안관인 듯했다.

맥 보란은 잔뜩 신경을 곤두세우고 더욱 세심한 주의를 기울여 소리 하나 내지 않고 은밀히 일을 진행해 갔다. 그에게는 운반해야 할 병기가 많았다. 그가 전투를 시작하려는 그 전쟁터에 뜻밖에도 훼방꾼인 경찰과 보안관이 순찰을 하고 있는 게 분명했다. 그러나 그는 전투를 포기할 수는 없었다. 그가 자리를 잡은 진지는 경사진 언덕에 우뚝 솟은 암벽에 가려진 오목한 곳이었다. 그곳은 프랭키의 저택에서 동쪽으로 약 30도, 양각 10도인 곳으로 상록수가 낮은 숲을 이루고 있었다. 그가 먼저 그 장소를 답사했을 때 목표물까지의 거리는 눈대중으로 500야드쯤이었다. 그는 이제 군용 거리계를 이용해 거리를 정확히 재고 있었다. 신기하리만큼 눈대중은 거의 정확했다. 실제 거리 530야드. 그는 머린의 탄도를 계산해 놓은 그래프를 꺼내 살펴보았다. 이 정도의 거리면 목표물보다 15인치 위를 겨냥하면 된다는 것을 알아냈다. 그는 몇 시간 전에 병기고에서 갖고 나온 다른 병기들의 거리도 맞추었다. 모든 병기를 다시 한 번 점검한 뒤 그는 담배를 피워 물었다. 담배 불빛이 새지 않게 세심한 주의를 해야 했다.

담배를 피우는 동안 그는 오랜 습관대로 검은 가죽 표지의 수첩에 전투를 앞두고 있는 자신의 심경을 적었고, 그것이 끝나자 그는 일어서서 크게 기지개를 한 번 켜고 심호흡을 했다. 그리고 몸에 지닌 것 중 필요 없는 것들을 제거했다. 45구경 권총과 나이프만 남기고 허리 근처에 감고 있던 벨트와 도구들을 모두 풀어 놓았다. 정리가 끝나자 그는 조용히 그곳에서 걸어나와 주위를 정찰했다.

웨더비 부장의 말에 따르면 마피아 일당들은 그의 공격을 예상하고 만반의 대비를 하고 있다고 했다. 그렇다면 보란이 공격을 시작하면 저쪽에서도 반격할 준비가 돼 있다는 말일 것이다. 그리고 그들은 효과적인 반격을 위해서 집중적인 사격을 해올 것이다.

그러나 그 점에 대해 보란은 별로 염려하지 않고 있었다. 현대전에서 전투 경험을 쌓은 노련한 군인들이 마피아의 휘하에 있다면 물론 사정은 다를 것이다. 그러나 그들은 전혀 전투 경험이 없는 악당들일 뿐이다. 길거리에서 총질이나 해대는 불량배에 지나지 않는다. 만약 그들이 본격적인 전투에 임하게 된다면 연속적인 총성만 듣고도 좌충우돌할 것이 틀림없다.

보란은 노출된 부위에 검은 칠을 했다. 하늘도 보란의 편을 들어 주려는 듯 짙은 구름을 드리우고 있었다. 구름의 갈라진 틈이 그의 머리 위를 지나고 처형의 언덕에 희미한 달빛이 비치자 보란은 커다란 나무등치에 몸을 기대고 잠시 발걸음을 멈췄다.

숨을 죽인 채 희미한 빛이 지나가길 기다리는 보란의 눈에 성냥 불빛이 반짝이는 것이 보였다. 불과 몇 야드 떨어지지 않은 곳이었다. 보란이 귀를 세우자 담배 연기를 내뿜는 듯한 소리가 희미하게 들려 왔다.

구름이 다시 머리 위를 가리고 주위는 깊은 어둠 속으로 빠져들었다. 그와 동시에 보란은 다음 행동에 들어갔다.

그는 발소리를 죽인 채 반원을 그리며 경사진 곳을 빙 돌아 올라가 빨간 빛을 내고 있는 담뱃불을 향해 숨을 죽이고 다가갔다. 한발 한발 조심스럽게 다가감에 따라 담배를 피우고 있는 사나이의 윤곽이 점차 뚜렷해졌다. 보란에게 등을 돌리고 있는 사나이는 몸을 약간 앞으로 숙인 채 바위 위에 혼자 걸터앉아 있었다.

보란은 나이프를 뽑아 들었다. 그리고 썩은 나뭇가지를 주워 그 사나이 앞쪽으로 던졌다. 그것은 그 사나이의 몇 야드 앞 나무에 맞았다. 그러자 사나이는 총을 들며 방위 태세를 취했다.

「누구야! 헝크?」

그는 긴장된 목소리로 나직이 외쳤다.

그러나 그때는 이미 보란이 그의 등 뒤에 다가온 뒤였다. 보란의 한쪽 팔이 그 사나이의 목을 조르는 동안 나이프는 그의 가슴 깊숙이 박히고 있었다. 사내는 곧 축 늘어졌고 총은 아래로 굴러떨어졌다. 보란은 이미 죽어가고 있는 그 사나이의 몸을 가만히 바닥에 뉘었다.

그는 다시 발소리를 죽이고 유격 작전의 임무를 수행하기 위해 언덕을 내려갔다. 언덕의 훨씬 아래쪽에서 오가고 있는 기마 보안관은 별 문제가 아니었다. 그러나 처형의 언덕까지 순찰대가 올라온다면 곤란한 일이 아닐 수 없다. 그럴 경우 마피아의 단 한 번의 반격만으로도 그는 기동성을 잃을 수밖에 없는 노릇이었다. 그래서 그는 공격에 앞서 부근 일대를 완전히 정리해 둘 필요가 있었다.

〈처형의 언덕에서〉라는 제목을 붙인 일기의 한 부분은 이때의 상황을 이렇게 적고 있었다.

내게 보통 사람과 다른 점이 있다면 그것은 내 인생에 도전하는 것을 나에게 주어진 임무로 여기고 이행해 간다는 점일 것이다. 내가 해야 하는 살인이나 전투를 남이 대신 해주길 바라지는 않기 때문이다. 나 대신 이 일을 한 사람이 법정에 선다는 것은 나로서는 참을 수 없는 일이다. 필연적인 싸움이라면 꼭 싸워야 한다. 피를 흘려야 한다면 나 스스로가 흘릴 것이다. 반드시 누군가가 심판을 받아야 한다면 나는 스스로 법정에 나갈 것이다.

그것이 반드시 참다운 시민으로서 해야 할 일은 물론 아니라고 생각한다. 나는 오늘을 살아가고 있는 문명 사회의 인간이 아닌지도 모르겠다. 나는 그들과는 다른 시대, 다른 종족 그리고 다른 이상을 갖고 살고 있는 다른 유형의 동물인지도 모른다.

그러나 나는 알고 있다. 내가 살아 있는 한 내게 용납될 수 있는 악이란 결코 있을 수 없다는 것을! 투쟁이 생존의 수단이 되는 한, 폭력이야말로 세계를 다스릴 수 있는 법칙이다. 폭력이 없는 곳에 평화란 있을 수 없다. 어떤 하나가 살아나는 순간, 다른 하나는 죽어가게 마련이다.

나는 건전하지 못한 인간임에는 틀림없다. 그러나 그렇다고 나 자신을 책망하지는 않는다. 인생이란 그 본질부터가 건전한 것이 아니기 때문이다. 인생이란 결국 산처럼 쌓여 가는 시체 위에서 이룩되는 것이다. 모든 사람의 육체는 살아 있는 죽음의 기념비에 지나지 않는다. 움직이는 묘비인 것이다. 그것은 사람이 살아간다는 의미일 수도 있다. 문명 사회라고 다를 것은 없다.

그러나 문명 사회에는 살인을 명령받은 킬러가 있다. 보다 위대한 선을 위해 사형 집행을 명령받은 사람도 있으며 보다 큰 악을 위해 사형 집행을 감행하는 사람도 있다. 나의 경우는 누구로부터 명령받은 일은 결코 아니다. 내 스스로 부과한 임무에 지나지 않는다. 그러나 그 과정이야 어쨌든 내게는 아무런 상관도 없다.

발렌티나에게 행복이 가득하길 빈다. 그녀는 어쩌면 내가 황소의 두개골을 박살내지 못한다면 스스로 죽음을 택할지도 모른다. 마음이 착하고, 귀엽고, 또 애처로운 그 여자는 송아지 스테이크를 좋아한다고 한다. 아! 나는 사랑하는 발렌티나를 위해서라도 송아지를 잡아야 한다. 수송아지를 잡아 피가 뚝뚝 흐르는 신선한 고기로 만든 스테이크를 착한 발렌티나의 식탁에 올려놓기 위해 송아지를 잡아야 한다.

신이여! 발렌티나에게 축복을 주옵소서! 나는 발렌티나를 위해, 아니 이 세상의 모든 발렌티나를 위해 악인들과의 투쟁을 스스로 택했다. 그 선택은 우리의 문명 사회를 위한 것이라 믿으며 나는 아무런 두려움 없이 나서고 있는 것이다.

인생은 투쟁이며, 나는 투사이다. 나는 최선을 다해 싸울 것이다. 피를 흘리고, 그 피가 내 몸을 붉게 물들일 때까지 한 점의 두려움도 없이 맞설 것이다. 싸우다 지쳐 패배하면 나의 몸은 갈기갈기 찢어질 것이다. 그것보다 더 비참한 최후는 없을 것이다.

아, 잔악한 마피아들아, 각오하라! 여기 맥 보란이 네 놈들을 처형하러 가고 있다!

25
응원단

세르지오 프랭키는 생긴 그대로 호전적인 사나이였다. 백발이 성성한 노인이었지만 그의 눈은 기대와 흥분을 감추지 못한 채 빛나고 있었고 그의 정열은 그곳에 모인 모든 사나이들을 압도할 정도였다.

그의 세력 범위 안에 있는 가족들은 빠짐없이 모여 있었다. 그들의 이름과 직업을 나열한다면 상공 회의소 명부를 열람하는 것과 다를 바가 없을 정도였다. 각 분야에 걸친 명사들이 그곳에 얼굴을 내밀고 있었다. 은행가, 변호사, 의사, 회계사, 보험회사 간부, 명망 높은 교육자, 도박계의 보스, 풋내기 대의원, 그 밖의 갖가지 직업을 가진 암흑가의 사나이들이 이마를 맞대고 있었다. 지역 내의 모든 가족들이 모이는 회의에 참석이 허용된 것은 터린에게는 처음 있는 일이었다. 그는 출석한 사람들의 숫자와 직위에 압도되고 있었다.

터린은 조용히 네트 플래스키의 곁으로 다가갔다.

「무슨 일이지? 한밤중에 왜 모두 모인 거지?」

그의 의문에 답한 것은 세르지오였다. 신호를 기다리기라도 한 것처럼 그는 손을 들어 수군거리는 사람들을 진정시켰다.

「어느 한 가족에게라도 귀찮은 사건이 발생했다면 그것은 곧 가족 전체의 문제라고 할 수 있소.」

그는 진지한 표정으로 말을 이어 나갔다.

「그러나 여러분들은 대부분 정말 끔찍한 일을 지금까지는 당해본 적이 없소. 다시 말해 바로 여러분들은 겁쟁이란 말이오. 자, 여러분들 자신의 손을 한번 살펴보시오! 한 개에 2달러씩이나 하는 시거를 물고 거드름을 피우고 있는 여러분들은 그 동안 너무나 태평스럽게 살아 왔소. 이렇게 안락한 생활을 해온 것은 누구의 덕분이라고 생각하고 있소? 여러분들이 오늘날 이렇게 안락하게 지낼 수 있는 것은 바로 여러분들의 선배들이 손톱 손질할 틈도 없이, 또 2달러짜리 시거를 만져볼 틈도 없이 싸우고 싸워 기반을 다져 놓았기 때문이오. 그 결과 여러분들은 지나치게 안일한 생활을 하고 있는 것이 아니겠소?」

그의 연설 도중 시모어가 나직이 속삭였다.

「교육을 하겠다는 건가요?」

그 말을 못 들은 척하며 세르지오는 다시 말을 계속했다.

「여러분들은 공격당한다는 것이 어떤 것인지 전혀 모르고 있을 뿐만 아니라⋯⋯.」

「그런 일은 일어나지 않습니다요.」

플래스키가 못마땅하다는 듯 말했다.

「우리들의 조직을 세상 사람들이 깔보고 있을지도 모릅니다.

내 말의 요점을 말하자면 합법적으로 위장한 돈벌이 덕분에 우리들 가족들은 이제 멍청이가 되었다는 것이오. 우리들은 우리들 자신의 출신 성분에 대해 한순간이라도 잊어서는 안 될 것이오. 내 말, 모두 알아듣겠소?」

그는 잠시 말을 중단하고 좌중을 한 번 둘러보았다. 그리고 곧 계속했다.

「내가 들은 바에 의하면 가족들 가운데는 여기 있는 다른 가족을 경멸하고 있다고도 하오. 레오폴드나 그가 경영하고 있는 여자 장사를 말이오! 그렇다면 여러분들은 레오의 사업이 지금껏 얼마나 많은 수입을 올렸는지 알고나 있소? 그 내막을 알게 되는 날이면 지금 이 자리에서 거드름을 피우고 있는 여러분들 자신이 한결같이 초라하게 느껴지고 말 것이오. 레오의 돈벌이에 비교한다면 당신들은 풋내기에 지나지 않는단 말이오.」

그는 테이블의 왼쪽 끝에 앉아 있는 말쑥한 옷차림의 한 사내를 가리켰다.

「스카리, 자네의 보석금 500만 달러가 어디서 나온 줄 알고나 있나? 하늘에서 떨어졌다고 생각하나?」

세르지오는 보험 회사 간부에게 주먹을 흔들어 보이고 무서운 눈빛을 잠시 그에게 던져 보였다.

「여러분, 바로 그 돈도 레오의 매춘관에서 나온 돈이오. 우리가 어떤 수단과 방법으로 그 여자들에게 장사를 시키고 있는지 도대체 알고 있기나 하오? 여러분들에게 나는 이 점을 분명히 말해 두겠소. 여러분들은 자신의 안락한 생활 속에 안주할 줄만 아는 속좁은 겁쟁이들이오!」

「영감님이 저렇게 흥분하는 것은 최근 15년 이후 처음인 것 같

같은데?」

시모어가 속삭였다.

「저렇게 흥분하면 몸에 해로울 텐데…….」

터린이 걱정스럽게 대꾸했다. 그러나 그의 시선은 테이블 저쪽 끝에 위엄 있게 서 있는 왕년의 전사에게 고정돼 있었다.

「젊은 시절엔 굉장했겠어!」

시모어가 나직이 말했다.

「하긴 전쟁 속에서만 살아왔으니 오죽했겠어? 그런데 이번 전쟁에서도 살아 남을지는 모르겠어.」

플래스키가 가만히 끼여 들어 소곤거렸다.

「자, 여러분. 이제부터 내 말을 잘 들으시오. 저쪽 문 앞에 총이 걸려 있소. 여러분들은 한 발도 쏘지 않게 될지도 모르겠지만 일단은 각자 총을 소지하도록 하시오. 총성이 들리면 어설프게 밖으로 뛰쳐나가지 말고 몸을 낮추고 가만히 기다리시오. 이 회의실의 밖에서 보면 마치 이곳에서 회의를 하고 있는 것처럼 보이도록 특수 장치를 해두었소. 저쪽에서 사격을 해올 때까지 우리들은 이곳에서 기다리기만 하면 되는 거요. 만약 공격을 받더라도 상대편이 분명히 노출될 때까지는 절대로 발사해서는 안 되오. 알겠소? 정신이 나가 우리 가족들끼리 서로 쏘아 대는 바보 같은 짓은 하지 마시오. 그리고…….」

그는 5분 정도 방어와 공격의 요령을 설명하고 나서 회의를 끝냈다.

사내들은 삼삼 오오 짝을 지어 그 방을 나갔다. 총에 대한 이야기를 주고받는 소리가 홀 쪽에서 들려 왔다.

터린은 잠시 그 자리에 앉아 있었다. 그는 세르지오와 개인적으로 이야기하고 싶은 것이 있었다.

플래스키와 시모어는 웅성거리는 사나이들 틈에 끼여 있었다. 시모어는 어서 오라는 듯 터린을 바라보았으나 곧 단념하고 사나이들 사이에 섞여 들었다.

세르지오는 가만히 앉아 있는 터린의 팔을 잡으며 말했다.

「왜, 조용히 앉아 있나? 레오폴드.」

「좀 염려되는 일이 있습니다. 계곡 저쪽의 언덕에도 사람을 배치했습니까?」

「아니, 저 언덕 쪽에는 아무도 없네. 그러나 자넨 걱정할 필요가 없어. 싸움에 관한 문제는 이 세르지오에게 맡겨 두게나.」

노인은 자신에 넘친 웃음을 흘리고 있었다.

「물론입니다만, 상대는 군인이라 모든 생각도 군대식일 겁니다. 그래서 좀 염려스러운데…….」

터린도 물러서지 않았다.

세르지오는 염려해 줘서 고맙다는 듯한 표정으로 터린의 어깨를 가볍게 두들겼다.

「군인이라고 해서 별난 점은 없다네. 나 역시 전쟁터에 두어 번 나가 보았네.」

「아무래도 저쪽 언덕을 한 번 살펴볼 필요가 있을 것 같은데……. 제가 가서 살펴보고 올까요?」

「호오!」

노인은 감탄한 듯 눈썹을 치켜 올렸다.

「자네 혼자 정찰을 갔다 오겠다구? 저 어두운 곳엘?」

「저 언덕이 도주로로서 안성맞춤인 것 같아요. 저는 저쪽 언덕으로 가서 적당한 곳에 자리잡고 놈의 퇴로를 차단하는 것이 좋을 것 같습니다.」

「어째서 자네는 저쪽 언덕을 중요시 하지?」

「제가 미리 말씀 드렸듯이 그놈의 전투 방법은 군대식일 것으로 추측되기 때문입니다. 제가 이곳을 공격한다 해도 저 언덕을 이용할 겁니다. 거리가 다소 먼감이 없진 않지만, 바로 그 점이 좋은 조건일 수도 있습니다.」

「자네도 우수한 군인이었지? 레오폴드. 좋아, 그렇다면 자네 생각대로 한번 해보게. 누구 한 사람쯤 데려가겠나?」

노인은 웃고 있었다.

「아닙니다. 혼자 가는 게 행동하기에 더 좋습니다.」

「그렇게 하게.」

터린은 노인이 어디까지 자신을 믿고 있는지 알 수는 없었으나 아무튼 그의 말을 명령으로 여기기로 마음먹었다. 곧 그는 주차장으로 달려갔다. 혼잡한 주차장에서 차를 끌어내기란 결코 쉬운 일이 아니었다. 마침내 그는 가까스로 저택을 빠져 나갈 수 있었다.

멀어져 가는 자동차를 보며 누군가가 입을 열었다.

「레오가 어딜 가는 거지?」

세르지오는 팔짱을 낀 채 창 밖을 내다보고 있었다.

「터린은 자신의 몸으로 적을 막을 각오로 나갔다네. 잘 됐으면 좋겠는데…….」

그는 자랑스럽게 말했다.

무전기의 스피커에서 찍찍거리는 잡음과 함께 한 대원의 목소리가 울렸다.

「프랭키의 저택에서 자동차 한 대가 밖으로 나가고 있습니다!」

웨더비 부장은 마이크에 대고 말했다.

「그냥 내버려 둬. 나의 지시가 있을 때까진 모두 현위치를 지키고 있어!」

「저기 저놈들은 지금 무얼 하고 있을까요?」

파파스 경사가 궁금해 못 견디겠다는 듯 두리번거리며 물어왔다.

「아, 놈들이라고 할일이 없겠어?」

웨더비가 내뱉듯이 말했다.

「입장권을 사서 들어갈 수 있다면 그렇게라도 해보면 될 텐데…… . 틀림없이 생각지도 못했던 인물들이 끼여 있겠죠?」

「잠자코 기다리고 있어 봐.」

「보란은 어느 쪽에서 공격할 것 같습니까?」

「그건 좋은 질문이야. 미식 축구 시합으로 말할 것 같으면 제 3다운에서 어떻게 쿼터백을 속여 전진할 것인가 하는 문제와 같은 상황이지. 솔직히 말해 저 마피아 놈들도 불쌍하단 말이야. 저놈들은 가만히 앉아 기다리는 수밖에 없으니 우선 그 점부터 열세란 말이야. 보란의 공격을 기다리지 않으면 어디를 어떻게 공격해야 좋을지 전혀 모르고 있단 말이야. 상대가 보란 같은 놈이고 보면 피해를 상상할 만하잖아?」

「마피아에게는 당연한 결과가 아니겠어요?」

파파스 경사는 고소하다는 듯 싱글벙글이었다.

「그럴지도 모르지. 지금 몇 시지?」

「3시 40분입니다.」

「그것 보게. 오늘밤은 긴 밤이 된다고 내가 말했었지? 샌드위
치 생각나나?」

파파스는 고개를 가로저었다.

「지금은 발리 춤을 추는 아가씨의 배꼽도 먹을 생각이 나지 않
는걸요.」

「왜, 긴장 때문에?」

「틀린 말씀은 아닌 것 같군요. 오늘 이때까지 현장 근무를 많
이 해왔지만 오늘처럼…….」

「이봐, 자넨 범법자에게 성원을 보내고 있어. 마치 좋아하는
축구팀을 응원하는 기분인 것 같은데…….」

파파스는 거북한 듯 자세를 고쳐 앉으며 담배에 불을 붙였다.

「그렇지 않은가?」

「아마 그런 것 같습니다. 하지만 그것이 어떻다는 겁니까? 솔
직히 말해 저는 그치 편입니다.」

「그럴 수 있을 테지. 나도 사실 그런 기분이니까. 나는 단지
그 녀석이 경비망을 뚫고 달아나려 하지 않았으면 해. 죽음을 자
초하는 셈이 될 테니…….」

「그렇다면 왜 저를 비난하는 거죠?」

파파스가 웃으며 말했다.

「방아쇠를 당기는 손가락에 동정은 금물이야, 조니!」

웨더비 부장도 역시 웃으며 대꾸했다.

「물론 그 점은 잘 알고 있습니다. 손가락이 말을 들어 줄지는
의문이지만…….」

파파스는 빈정거리는 듯한 어조로 바뀌었다.

「동정하면 자네 목숨이 위태롭다구!」

웨더비가 잘라 말했다.

「물론이죠!」

파파스도 만만치 않게 응수했다.

「죽일 생각을 하고 쏘아! 이건 명령이야!」

웨더비 부장은 은근히 화가 치미는 듯했다.

「잘 알아모실 테니, 염려하지 마시라구요.」

웨더비는 씁쓰레한 미소를 띠었다.

「어쨌든 그 점만은 명심하라구!」

26
최후의 공격

맥 보란은 다시 한 번 병기를 점검하면서 앞으로의 행동 계획을 머릿속에 떠올린 다음 스코프를 통해 저택 안을 자세히 살펴보았다. 커다란 창문에 비치는 사람들의 그림자는 벌써 30분이 넘게 똑같은 동작만을 되풀이하고 있었다.

「혹시 예배라도 보고 있는 걸까? 그렇지 않으면……」

그는 거리계의 파인더를 들여다본 후 방 안에 있는 사나이들의 움직임을 손목 시계로 재기 시작했다.

시작…… 테이블 끝에 앉아 있는 사나이가 팔을 올린다. 그것과 동시에 세 번째의 사나이가 몸을 앞으로 내민다. 2초 후, 한 사나이가 저쪽에서 창문 쪽으로 걸어온다. 5초 후, 끝에 있던 사나이가 팔을 내리고 세 번째의 사나이가 몸을 일으킨다. 3초 후, 창문 쪽에서 한 사나이가 일어나 아까와는 반대 방향으로 걸어간다. 그리고 5초 후에 처음부터 똑같은 동작의 반복이었다.

보란은 그들의 움직임을 5분 동안 자세히 관찰하였다. 그리고
는 싱긋 웃고 다른 쪽으로 관찰의 눈길을 돌렸다. 정말 그럴듯하
게 꾸며져 있었다. 참으로 잘 짜여진 연극이었다. 그렇다면 진짜
녀석들은 도대체 어디에 모여 있는 것일까? 불빛은 거의 보이지
않았다. 희미한 불빛이 새어 나오는 이층 큰 홀의 창문을 제외하
고는 아래쪽에 몇 개의 작은 불빛이 보일 뿐이었다.

그는 주차장 쪽으로 렌즈를 돌렸다. 렌즈의 시야 속을 한 대의
자동차가 스피드를 내며 가로질러 갔다. 그는 자동차를 쫓아 렌
즈를 움직였다. 한순간 차의 불빛이 보란을 비추더니 방향을 바
꾸어 저택 밖으로 달려 나갔다. 보란은 아주 잠깐 동안 그 자동
차를 이상하게 생각했으나 곧 저택의 관찰에 주의를 돌렸다. 지
붕 위에는 아무 것도 눈길을 끄는 것이 없었다. 주위는 또다시
조용해졌다.

그는 일층으로 눈을 돌렸다. 잠시 후 한 사나이가 안뜰의 허리
높이쯤 되는 담 옆에 조용히 나타났다. 그는 그 주위를 어슬렁거
리며 무엇인가를 자기 어깨에 비벼댔다. 총이었다. 사나이는 총
신으로 어깨를 긁어 대고 있었다. 안에서 녀석들은 도대체 무슨
궁리를 하고 있는 걸까? 거리계의 렌즈를 돌려 가며 보란은 눈
을 크게 뜨고 여기저기를 살펴보았다. 이때 문이 열리면서 순간
적으로 밝은 빛이 돌계단 위로 새어 나왔다. 그러나 문은 곧 닫
혀졌다. 보란은 숨을 혹 들이쉬고는 그곳을 조용히 지켜보았다.
잠시 후에 다시 문이 열렸다. 이번에는 안의 불이 꺼져 있었다.
두 사나이가 안에서 뛰어나오더니 계단을 올라가 저택의 모퉁이
를 돌아 사라졌다. 보란은 싱긋 웃었다. 조금씩 무엇인가를 알
수 있을 것 같았다. 담 쪽을 보았으나 그곳에 서 있던 사나이의

모습은 보이지 않았다. 보란은 어둠 속의 지붕 근처에 무언가 있다고 생각했다.

보란은 다시 시계를 보았다. 그리고는 기다렸다. 그는 시간에 맞춰 세밀히 작전을 세우고 있었다. 계획에 따라 정확한 시간에 공격을 개시할 생각이었다.

공격 개시 1분 전.

그는 발렌티나와의 일을 생각하고 양친과 조니, 그리고 불쌍한 누이동생 신디의 일을 생각했다. 발렌티나에게는 꼭 돌아간다고 약속했었다. 그것은 지켜질 수 없는 허무한 약속이었다.

보란은 군인이다. 군인은 전쟁에서 살아 돌아갈 수 없다는 것을 그는 잘 알고 있었다. 그 언덕에서 살아서 빠져 나갈 희망은 없다. 지금쯤 경찰이 벌써 언덕을 포위하고 있을 것이다. 경찰견까지 동원했을 것이 분명했다. 설혹 마피아가 그를 놓친다 하더라도 경찰은 그를 놓치지 않을 것이다.

귀여운 발렌티나, 다정하고 사랑스러운 발렌티나. 그녀는 좋은 아가씨였다. 평생 동안 지켜온 순결과 사랑을, 죽어야 할 운명의 사나이에게 바쳐준 발렌티나. 그는 어떤 슬픔을 느꼈다. 그것은 확실히 슬픔이었다.

보란은 모든 생각을 뿌리치고 거리계 옆에 놓여 있는 긴 통 모양의 화기로 다가가서 다시 한 번 조준각을 확인한 다음 열까지 헤아렸다. 이윽고 포신이 떨리고 탄환은 쇳소리를 내며 하늘을 날았다. 드디어 대살육전이 시작되었다.

「저걸 봐요!」

파파스가 소리쳤다.

「저건 뭡니까? 어디서 날아오는 겁니까?」

「로켓의 일종이군!」

웨더비도 하늘을 바라보며 큰 소리로 말했다.

하얀 꼬리를 길게 끈 포탄은 눈에 보이지도 않을 정도의 빠른 속도로 어둠을 뚫고 날아가더니 저택의 한 모퉁이에 세게 부딪히며 큰 소리를 내면서 폭발했다. 그러자 저택의 모든 불빛이 일시에 꺼지고 모퉁이에는 뱀의 혓바닥과 같이 타오르는 불꽃만이 저택을 비추고 있었다. 사나이들은 허둥거리며 고함을 지르고 있었다. 그리고 화가 났는지 서로 떠들어 대는 소리가 멀리까지 들려 왔다.

웨더비와 파파스는 세르지오의 저택에서 100미터쯤 떨어져 있는 언덕에 무선차를 세우고는 차에 기대어 서 있었다.

「도대체 어디서 날아온 겁니까?」

파파스가 흥분한 목소리로 다시 물었다.

「맞은편 언덕이야.」

웨더비가 딱 잘라 말했다.

「쌍안경을 이리 주게.」

「가서 도와 주는 것이 좋지 않을까요?」

「자네 정신이 있나? 우리가 나간다면 저놈들은 보란을 쏘는 것과 같은 감정으로 우릴 쏠 거야. 그리고 보란은 이제부터 본격적으로 공격을 시작한 거야. 잘 보고 있게, 조니.」

「아이구, 어찌된 일이야?」

플래스키가 고함을 질렀다.

「녀석은 여기를 폭파할 생각이군.」

「조용히 해! 잠자코 엎드려 있으라구.」

시모어가 소리쳤다.

「정신차려, 이제 한 방 얻어맞았을 뿐이야.」

「한 방이라구? 저게 한 방이란 말이냐? 영감님은 어디 있지, 세르지오는 어떻게 하고 있는 거야?」

「모두 몸을 엎드린 채 조용히 하고 있어. 잠자코 있으란 말이야.」

위층에서 세르지오의 목소리가 들려 왔다.

「어디서 쏜 것인지 본 사람은 없나?」

「하늘에서 쏜 겁니다.」

누군가가 흥분된 목소리로 대답했다.

「아니오, 남쪽에서 날아왔습니다.」

다른 목소리가 똑똑하게 말했다.

「무엇인지 모르지만 달에서 날아온 것이 아닐까?」

시모어 옆에 있는 누군가가 말했다.

「뭐라구, 어느 놈이냐?」

화가 난 세르지오는 크게 소리쳤다.

「모두 눈을 크게 뜨고서 섬광이나 연기라도 좋으니 무엇이든지 찾아내. 알겠나? 눈을 크게 뜨고 있는 거야.」

「머리를 들고 보란 말입니까? 어지간히 해두시죠, 영감님.」

시모어는 혼자 중얼거렸다.

맥 보란은 두 번째의 카운트 다운을 끝내고 있었다. 제로! 조명탄의 발사와 함께 그는 싱긋 웃으며 머린을 들어올린 다음 눈을 갖다 댔다. 몇 초 후 조명탄은 프랭키의 저택 바로 위에서 터지더니 그 일대를 마치 대낮처럼 밝게 비추면서 천천히 지면을 향해 내려오기 시작했다. 조명탄이 터졌을 때 이미 보란의 스코프는 프랭키 저택의 옥상을 포착하고 있었다. 어리둥절해 하며 밝은 하늘을 올려다보는 사나이들의 얼굴이 스코프에 들어왔다.

곧 보란의 재빠른 손가락은 방아쇠를 당기고 있었다. 라이플의 굉음과 함께 그의 어깨에 반동이 전해졌다. 보란은 그 반동으로 조준이 흐트러지지 않도록 스코프에 바짝 눈을 갖다 대고 목표의 사나이가 배를 움켜쥐며 쓰러지는 순간을 확인했다.

보란은 자신의 정확한 계산에 만족한 웃음을 띠며 고개를 끄덕거렸다. 보통 사람들은 턱과 배 사이가 15인치쯤 된다.

그는 다시 머린의 총구를 왼쪽으로 조금 옮겼다.

다음 사나이가 또 시야에 들어왔다. 방아쇠를 당기자 사나이는 어김없이 쓰러졌다. 그 왼쪽의 다음 목표, 방아쇠, 또 다음, 이어서 또 한 명, 다섯 명을 쓰러뜨리는 데 5초도 걸리지 않았다.

그는 머린을 옆에 내려놓고 스코프보다 훨씬 시야가 넓은 거리계의 파인더를 들여다보았다. 옥상에는 아직도 많은 사내들이 허둥대며 하늘을 올려다보고 있었다. 공포와 놀라움에 몸이 굳어진 듯한 사나이들도 눈에 띄었다. 피에 젖은 동료의 주검을 안아 일으키는 놈도 있었다. 그들 대부분은 옥상 가장자리에 둘러쳐진 낮은 담에 간신히 몸을 숨긴 상태였다. 라이플의 섬광을 보지 못했는지 아직 반격은 없었다. 보란은 슬픈 듯이 고개를 흔들며 중얼거렸다.

「참으로 바보 같은 놈들이군.」

그는 다시 카운트 다운을 시작했다.

「벌써 네 명이 죽었고 한 명은 중상이에요.」

위층에서 누군가의 당황한 목소리가 들려 왔다.

「세르지오, 세르지오! 어떻게 하면 좋을까요?」

「저놈의 불은 언제까지 타고 있을 건가? 엎드려, 모두 엎드리란 말이야. 몸을 숙이고 놈이 어디 있는지 잘 찾아봐.」

세르지오는 격분하여 소리쳤다.

「피트! 바니! 저쪽이다. 맞은편 언덕에 놈이 있다. 마구 쏴버려!」

곧 이어 죽음의 장막을 깨뜨리고 맹렬한 기관총 소리가 들려왔다. 겨냥해야 할 목표가 있고 없고는 문제가 아니었다. 우리편 진영에서 반격을 시작했다는 사실이 사나이들에게 힘을 주었다. 그러나 어둠을 뚫고 저쪽에서 다시 하얀 연기의 꼬리가 달린 포탄이 날아왔다.

「저런! 또 날아온다.」

포탄은 꺼져 가는 조명탄의 마지막 빛 속에서 찢어지는 듯한 소리를 내며 저택 옥상 위에 떨어졌다. 지붕의 파편들이 우박처럼 땅으로 쏟아져 내리고 사나이들의 고함 소리와 신음 소리가 터져 나왔다. 놀란 사나이들은 어둠 속에서 서로 부딪치면서 허둥대고 있었다. 비명과 신음 소리, 공포와 고통의 고함 소리들이 끊임없이 터져 나왔다. 그러나 싸움은 끝난 것이 아니라 이제부터 시작인 것이다. 폭발음이 연달아 일어났고 저택이 크게 흔들렸다. 사나이들은 서로 앞을 다투어 도망치기 시작했다. 맹렬히 들려 오던 기관총 소리도 멎었고 저택은 수라장이 되었다.

「보란이 곡사포를 쏘고 있군.」

웨더비가 얼굴을 찌푸리며 말했다.

「맙소사, 조금도 남아나지 않겠는 걸.」

「어디서 저걸 손에 넣었을까요?」

파파스가 두려우면서도 존경스럽다는 듯이 말했다.

「저걸 어떻게 손에 넣었느냐가 문제가 아니고 문제는 놈이 사용법을 알고 있다는 거야. 이거야말로 완전히 일방적인 싸움이군. 더욱이 내가 불쌍히 여기고 있는 쪽이 이기고 있으니⋯⋯.」

폭발의 진동은 그들이 서 있는 곳까지 미쳤다. 파편 하나가 그들이 타고 온 무선차의 문에 떨어졌다.

「빌어먹을. 여기까지 날아오다니.」

파파스는 파편을 주우려고 땅바닥에 엎드렸다.

「지금 또 발사한 것 같군. 저쪽 언덕 꼭대기야. 자네는 저쪽을 눈여겨보고 있게나.」

그러나 파파스 경사의 시선은 반대쪽, 그러니까 공포와 화염 속에 쌓여 있는 저택 쪽으로 쏠렸다. 새로운 조명탄이 공중에서 터졌다. 그는 눈이 부신 듯 눈썹을 찌푸리면서 웨더비가 지시한 반대편 언덕으로 시선을 돌렸다.

「정말 무서운 놈이군!」

그는 기가 질린 듯 고개를 흔들며 중얼거렸다.

27
운명의 신

　보란은 다음에 일어날 일을 생각하고 있었다. 예상 외로 너무 쉽게 무너져 달아나고 있다. 그에게 반격도 한 번 제대로 해오지 않았다. 그렇다면 적을 너무 과대 평가했던 게 아닐까? 그는 머린의 스코프를 들여다보면서 달아나려는 자동차에 계속해서 총을 쏘았다. 차는 제멋대로 구르다가 한 번 튀어오르고는 불을 뿜었다. 뒤따라오던 차가 불 속으로 뛰어들어 폭발하면서 그곳은 순식간에 불바다가 되었다. 저택은 완전히 무너져 양옆의 벽만이 시커먼 연기 속에 앙상하게 서 있었다. 주차장에는 여러 대의 자동차들이 포탄에 맞아 박살이 나 있었고, 그 근처에는 시체들이 여기저기 흩어져 나뒹굴고 있었다.

　「분명히 어딘가에 다른 놈들이 숨어 있을 게 틀림없어.」

　보란은 이렇게 중얼거리고는 다시 조명탄을 쏘아올려 거리계의 파인더를 통해 저택 근처를 훑어보았다. 바로 그때, 조금 떨어진 곳에서 귀에 익은 소리가 들려 왔다. 그것은 월남 전선에서 수천 번도 더 들었던 헬리콥터 소리였다. 그 지긋지긋한 헬리콥터가 가까이에서 그를 찾고 있었다. 경찰? 아니면 마피아?

보란은 급히 폭발이 빠른 조명탄을 골라 넣어 소리가 나는 쪽을 향해 쏘아올렸다. 조명탄이 터지면서 가까이 다가오고 있는 헬리콥터가 보였다. 조종석에 앉은 사나이가 눈이 부신 듯 한 손을 들어 눈을 가리는 것이 보였다. 그 옆에는 백발의 사나이가 겁에 질린 얼굴로 앉아 있었다. 헬리콥터는 바로 그의 머리 위에 와 있었고 조명탄은 보란 자신도 비춰 주고 있었다. 헬리콥터는 급히 불빛 밖으로 빠져 나갔다. 보란은 머린을 앞으로 끌어당겼다. 다시 조명탄의 불빛 속으로 들어온 헬리콥터의 후미에서 자동 기관총의 철갑탄이 보란을 향해 쏟아져 내렸다. 총탄에 맞은 거리계가 퉁겨 날아갔다. 보란은 머리를 끌어안은 채 언덕 아래로 굴렀다. 보란은 언덕 아래에 몸을 숨기고 헬리콥터가 다시 가까이 오기를 기다렸다. 보란은 스코프의 눈금으로 목표를 겨냥하면서 손가락을 방아쇠에 걸었다. 백발의 사나이의 얼굴이 스코프의 십자선 안에 들어왔다. 보란은 그의 두 눈이 흥분으로 이글거리는 것을 보면서 방아쇠를 당겼다. 큰 총의 반동으로 어깨에 충격이 왔다. 백발의 사나이가 앞으로 고꾸라지는 것이 보이고 응사하는 기관총 소리가 다시 한 번 들려 왔다.

「저기다!」

파파스가 흥분해서 소리쳤다.

「놈들도 보란을 발견했나 봐요. 헬리콥터에서 마구 기관총을 쏘고 있어요.」

「쌍안경을 이리 줘.」

웨더비가 소리쳤다.

「여기 있어요. 하지만 쌍안경 없이도 잘 보이는데요. 이거야말로 월남전을 TV로 보는 것 같은데.」

「여긴 월남이 아니야.」

「다를 게 없잖아요?」

「놈은 어디 있지?」

머린의 육중한 총성이 헬리콥터의 툴툴대는 소리를 제압하듯 울리고 곧 이어 격렬한 기관총 소리가 요란하게 터졌다. 다시 기관총 소리에 응답하듯 머린의 총성이 들려 왔다. 그러자 헬리콥터의 회전음이 이상하게 들리더니 곧 이어 헬리콥터가 오른쪽으로 기울어지면서 크게 한 바퀴 구르면서 땅 위로 떨어졌다.

「야, 대단한데! 결국 격추시켰군!」

웨더비가 감탄하듯이 소리쳤다.

「맞았어요. 헬리콥터가 추락하고 있어요.」

「보란, 결국은 살아 남았군.」

웨더비가 안도의 한숨을 쉬며 말했다.

그러나 맥 보란은 웨더비가 예견한 대로 무사한 것은 아니었다. 어깨의 상처는 쑤셔 왔고 옆구리에서는 피가 뚝뚝 떨어지고 있었다. 헬리콥터가 떨어지면서 내는 폭발음을 들으며 그는 다리를 질질 끌고서 총좌가 있던 곳으로 되돌아왔다. 구급 상자의 뚜껑을 열고 마지막 사격전 때 다친 발목을 치료하고 있을 때 언덕 위쪽에서 무슨 소리가 들려 왔다. 그는 거즈를 어깨에 뭉쳐 넣고 다리를 절면서 나무 뒤로 몸을 숨겼다. 조명탄이 아직도 꺼지지 않고 있어 언덕을 내려오고 있는 자의 모습이 희미하게 보였다. 공만한 돌이 굴러 떨어져 보란이 숨어 있는 나무 근처에 맞았다. 곧 이어 터린의 모습이 보였다.

「보란, 어디 있나? 보란.」

터린이 낮은 소리로 불렀다.

「자네는 끝내 뉘우치지 못하고 나를 찾아다니나, 레오?」

보란이 권총을 들고서 나무 뒤에서 나타났다.

「아, 무사했군. 헬리콥터의 기습에 대해서 알려 주려고 했는데 자네를 찾을 수가 없었네.」

터린이 반가운 듯이 말했다.

「누구에게 수작을 부리는 건가?」

보란이 그의 말을 비웃으며 말했다.

터린은 양손을 앞으로 뻗으며 조심스럽게 땅바닥에 주저앉았다.

「담배를 잃어버렸군. 아, 숨이 차.」

「곧 담배보다 더한 걸 잃게 될걸.」

보란이 차갑게 웃으며 말했다.

「구두를 벗어도 되겠나?」

「그게 자네의 마지막 소원인가?」

보란이 성급히 물었다.

「그래. 마지막 소원이라 생각하구 구두를 좀 벗게 해주게.」

조명탄의 불빛이 숲 저쪽 너머로 가라앉고 있었다. 보란은 터린에게로 다가가서 한쪽 무릎을 꿇고는 총구를 그의 머리에 갖다 댔다.

「시간을 벌 생각이라면 그만두는 게 좋아. 난 지금 곧 자네를 죽여 버릴 생각이니까 말이야.」

터린은 보란의 말을 무시하였다. 구두를 벗더니 그 바닥 속에서 플라스틱으로 만든 작고 네모진 것을 꺼내어 보란의 눈앞에 내밀었다.

「날 죽이기 전에 우선 이걸 봐주겠나?」

보란은 터린에게 총을 겨눈 채 희미하게 꺼져 가는 조명탄의 불빛 아래 그 카드를 살펴본 뒤 그것을 되돌려 주었다. 그것은 경찰의 신분증이었다.

「하마터면 자네는 위장 첩자인 채 죽을 뻔했군.」

「제길, 난 수십 번 기도를 드렸네.」

터린이 태연하게 웃으며 말했다.

「나를 체포하고 싶지 않나?」

보란은 장난조로 물었다.

「지금 내게는 그럴 권한이 없네.」

그는 여전히 웃는 얼굴로 말을 계속했다.

「게다가 자넨 악당들을 모조리 쳐부수지 않았나? 그런데 내가 왜 자네를 체포하겠나?」

「그건 그렇고 한 가지 자네에게 물어 보고 싶은 게 있네.」

보란의 머릿속에 갑자기 한 얼굴이 떠올랐던 것이다.

「내 누이동생의 일인데, 레오……」

「그 일은 내가 나빴어.」

터린이 조심스럽게 말을 이었다.

「하지만 어쩔 수 없었어. 나를 가리는 방편이었으니까. 자네 여동생과 같은 또래의 어린 아가씨들 일을 생각하면 정말 가슴 아프네. 그렇지만 비밀 임무를 수행하기 위해서는 다시 한 번 말하지만 어쩔 수 없는 일이었어. 한 아가씨하고는 바꿀 수 없는 더 중요한 일이 있네. 보란. 이해해 주게.」

「알아들었네.」

보란이 진지하게 말했다.

「이젠 산을 내려가게. 가거든 자네 부인에게 내 안부를 전해주게. 그리고 웨더비에게서 들은 정보는 자네에게서 나온 것인가?」

터린이 고개를 끄덕였다.

「그런데도 자넨 항상 나를 노렸거든.」

「한마디만 해주었어도 좋았을 텐데.」

보란은 어쩔 수 없다는 듯이 말했다. 그러자 갑자기 터린이 정색을 하며 말했다.

「그런데 화가 나는 일이 하나 있네. 중사. 내 마누라를 위협한 것은 용서할 수 없어. 자네 덕분에 걱정 많은 마누라에게 날마다 혼이 나고 있단 말이야.」

「그렇다면 정말 미안한 일인데.」

보란이 다정하게 웃으며 말했다. 그의 머리에 또 다른 걱정 많은 여인이 떠올랐다.

「자, 이제 산을 내려가게. 나는 아직 할일이 남아 있어.」

터린은 구두를 신은 뒤 군대식으로 차려 자세로 목례를 하고는 숲속으로 사라졌다.

보란은 상처의 피를 닦아낸 다음 무기들을 들고 다음 계곡을 향해 내려갔다. 계곡 위쪽에서는 자동차들이 분주히 오가고 있었다. 보란은 경찰이 이미 이 근처를 봉쇄하고 그를 체포하기 위해 수색하고 있는 것을 알 수 있었다. 그때 가까운 곳에서 말 우는 소리가 들렸다. 보란이 그쪽을 향해 소리쳤다.

「어이 여기야!」

그리고는 낮은 덤불 속에 몸을 숨기고 기다렸다. 잠시 후 말을 끌고 오는 사람의 모습이 보였다. 보란은 45구경으로 기마 보안관의 머리를 후려쳐서 쓰러뜨리고는 말에 올라탔다.

조금 있으면 날이 훤히 밝아올 것이다. 아침이 오기 전에 그를 기다리는 여인에게로 돌아갈 수는 없을 것 같았다. 또한 계속해서 말을 타고 빠져 나갈 수도 없다는 것을 그는 잘 알고 있었다.

지금은 좀더 많은 시간과 거리가 필요했다. 잡히고 안 잡히는 것은 운명에 맡겨 버렸다. 만약 운명의 신이 그의 편이라면 이번에도 무사히 빠져 나갈 수 있을 것이다.

맥 보란에게 있어서 승리란 달콤한 것이 아니다. 그것은 불타는 듯이 쑤시는 상처와 견디기 어려운 고통 그리고 그를 기다리는 여인의 아픈 마음인 것이다.

그러나 그는 아직 붙잡히지는 않았다.

28
영원히 끝나지 않는 것

보란이 눈을 뜨자 바로 눈앞에 발렌티나의 맑은 눈동자가 그를 내려다보고 있었다.

「어머, 당신은 언제나 내가 보고 있을 때 잠을 깨는군요.」

그녀가 반갑게 웃으며 말했다.

보란은 눈을 깜박거리며 주위를 둘러보고 낮은 목소리로 말했다.

「내가 지금 꿈을 꾸고 있는 건가? 아니면 전에도 이런 일이 있었던가?」

그의 어깨는 깨끗한 붕대로 감겨져 있었고 맨살에 닿는 시트의 감촉이 꿈이 아님을 깨우쳐 주었다. 그는 알몸이었다.

「아, 맞아! 전에도 이런 일이 있었지.」

발렌티나가 몸을 숙이고 그의 입술에 가볍게 키스했다.

「문 앞에서 저를 부르고는 정신을 잃었어요. 생각 안 나세요?」

「난 힘이 빠지고 상처의 고통으로 지칠 대로 지쳐 있었어.」

그가 중얼거렸다.

「네, 그랬을 거예요. 하지만 지금은 이렇게 쉬고 있으니 다행이에요.」

그녀는 무릎 위에 놓여 있는 신문을 펼쳐 들었다.

「신문에는 당신이 어젯밤 23명을 죽이고 51명에게 중상을 입혔다고 씌어 있어요.」

「그래?」

「네, 당신 이 제목 보이죠?」

발렌티나가 신문을 그의 눈앞에 펼쳐 주었다. 신문의 상단에 큰 활자로 씌어진 제목이 눈에 들어 왔다.

〈맥 보란, 마피아를 몰살시키다〉

그는 그것을 소리내어 읽고는 눈을 감았다. 그리고는 손을 뻗어 발렌티나의 부드럽고 따뜻한 손을 잡았다. 갑자기 가슴이 저려 왔다.

「발렌티나, 난 해낼 수 없다고 생각했었어.」

그가 눈을 뜨고 조용히 말했다. 그녀는 그의 다친 어깨를 건드리지 않도록 조심하면서 그의 옆에 누워 자신의 얼굴을 그의 얼굴에 대고는 조용히 속삭였다.

「만약 당신이 해내지 못했다면 난 당신을 용서하지 않았을 거예요.」

「이것으로 이젠 안심이군.」

그가 부드러운 눈길로 그녀를 바라보며 말했다.

「그래요. 전쟁은 끝났고 당신은 이긴 거예요.」

「전쟁이 아니야, 그건 단지 전투야. 발렌티나, 당신은 그것을 알아야 해. 전쟁은 아직 끝나지 않았어.」

그 순간 그녀는 가볍게 몸서리를 치며 그를 향해 물었다.

「당신은 잠결에 승리는 없다고 소리쳤어요. 그게 무슨 뜻이죠?」

「글쎄, 모르겠는데.」

보란이 솔직하게 대답했다.

「그럼, 당신은 승리의 기쁨을 느끼지 않으세요?」

보란은 미소를 지으며 다치지 않은 팔로 그녀의 몸을 세게 끌어안았다. 그것으로 그는 승리의 기분을 만끽할 수 있었다.

「남자란 어떤 관념을 위해 싸우는 것이지 어떤 관념에 반대해서 싸우는 것은 아니야.」

그녀가 몸을 일으키며 그를 똑바로 응시하였다.

「당신의 그 말은 상당히 의미 심장하군요. 그 말은 무슨 뜻이죠?」

그는 어깨의 아픔을 잊어버린 듯이 큰 소리로 웃었다.

「하하하, 그건 말하자면 부드럽고 귀여운 발렌티나를 내가 사랑하고 있다는 뜻이야.」

「그게 바로 승리라는 건가요?」

그녀의 눈동자가 타올랐다.

「사나이에게 있어서 승리란 그런 거야.」

그가 확신에 찬 어조로 말했다.

그녀는 그의 팔에서 살며시 빠져 나와 입고 있던 나이트 가운을 벗어 버렸다. 알몸이 된 그녀는 시트를 걷고 그의 옆으로 파고들면서 그를 끌어안았다.

「이제 곧 당신이 완쾌되면 저는 당신의 승리에 도전할 거예요.」

「좋아, 나의 건강에는 아무 이상이 없어. 정력은 어깨에 있는 게 아니라구, 이 바보야.」

그가 흰 이를 드러내며 웃었다.

「알고 있어요, 맥.」

그녀가 속삭였다.

「허니문이 그렇게 짧은 것은 아니래요. 어쨌든 우리의 허니문도 아직 끝난 것은 아니죠?」

「전쟁과 사랑처럼 영원히 끝나지 않는 것도 있어.」

그렇게 말하면서 그는 그녀를 더욱 세게 끌어안았다.

「그럼 당신은 그 중 어느 것에 승리한 거죠?」

그녀가 몸을 흔들면서 물었다.

「양쪽 모두의 승리야!」

그녀가 숨을 삼키면서 그의 목에 얼굴을 파묻고 조용히 속삭였다.

「승리란 정말 달콤하군요.」

피츠필드의 전투는 끝났다. 그러나 맥 보란에게 있어서의 전투란 한때의 승리로 일단락지어지는 것이 아니었다. 그것은 이미 아득히 멀어진 과거 속의 한 점에 불과한 것이었고, 불확실한 미래로 뛰어들어야 하는 것이었다. 보란은 하나의 사상도, 하나의 조직도 완전히 파멸시키지는 못했다. 그는 다만 사상 최강을 자랑하는 범죄 조직의 표면에 파문을 일으켰을 뿐이다. 이제 그 조직은 그들의 앞 정강이를 물고 늘어진 한 마리의 개미를 없애

기 위해 대책을 세우고 있을 것이다. 마피아 조직의 역사 속에서
도 이토록 주목받은 인물이 없었다는 것을 그는 잘 알고 있었다.
그는 하룻밤 사이에 아메리카의 전설적 인물이 되었고 법을 집
행하는 자들의 욕심 나는 추적 대상이 되었다. 온 나라 안의 살
인 청부업자들에게 보란의 목은 곧 거액의 현금과 같은 것이었
다. 그리고 전세계에 뿌리를 내리고 있는 마피아 가족 한사람,
한사람이 갚아야 할 빚이었다.

맥 보란에게는 죽음의 도장이 찍혀 있었다. 사형 언도를 받은
어떤 사람보다도 더 확실한 죽음의 판결을 받고 있다는 것을 그
는 알고 있었다. 그는 오직 그에게 남겨진 길지 않은 시간을 최
대한으로 이용해야 한다고 생각했다.

자신의 생을 단축시키려는 놈들의 장벽을 뜯어 먹으면서라도
최후의 숨을 내쉴 때까지 싸울 결심이었다.

보란은 위험을 최대한으로 줄이기 위해 대책을 세웠다. 그는
머리를 염색하고, 입가에 수염을 기르고, 도수 없는 굵은 테의
안경을 끼었다. 이러한 위장으로 적어도 웨스트 코스트까지는
안전하게 갈 수 있기를 바랐다. 그곳에는 그를 좀더 완전하게 변
장시켜 줄 사람이 기다리고 있었다. 그는 월남전에서 보란이 목
숨을 구해 줬던 군의관으로 지금은 세계적인 명성을 얻고 있는
성형 외과 의사로서 보란은 웨스트 코스트에 도착하는 대로 얼
굴을 성형할 생각이었다.

그는 고아가 된 동생과 거액의 돈을 사랑하는 여인에게 맡겨
두고 피츠필드를 떠났다. 그리고 한 사나이의 존재까지도——
아마 다시는 찾아볼 수 없을——피츠필드에 남겨 놓고 떠난 것
이다.

9월 12일 저녁, 보란은 새로 구입한 차를 몰고 피츠필드의 서쪽에 있는 고속도로로 들어섰다. 러시 아워의 붐비는 차들에 섞여. 발렌티나와의 눈물 어린 작별이 그의 마음에 되살아났다. 그러나 그는 모든 것을 뒤로 두고 그를 두려워하는 자들을 쫓아 떠나는 것이다.

자신의 감정과 다정한 발렌티나의 모습까지도 남겨 두고 그는 지는 태양의 작열하는 빛 속으로 사라져 갔다.

그를 기다리고 있는 것은 지옥일 뿐이다. 보란은 지옥에 부딪칠 마음의 준비가 되어 있었다. 맥 보란의 마지막 길은 피에 물든 길일 것이다.

(계속)